青灯

北岛集

青灯

生活·讀書·新知 三联书店

2011 年在纽约

和魏斐德夫妇在加州（2002年夏天）

和蔡其矫、舒婷在长城(1979年秋)

和杨振宁先生在长岛（2002年）

和艾基伉俪在柏罗依特(2003年秋天)

和孩子、林道群庆祝国际儿童节(2008年)

和家人在一起（2011年）

和阮丹青、徐晓、王苗等在香港庆祝《今天》三十年（2009年）

和鄂复明在香港城市大学邵逸夫图书馆《今天》暨中国当代诗歌资料特藏室（2014年）

2013年春节万荷堂看望黄永玉

三联版小序

窗户，纸和笔。无论昼夜，拉上厚窗帘，隔绝世上的喧嚣，这多年的习惯——写作从哪儿开始的？

面对童年，与那个孩子对视。皆因情起，寻找生命的根。从十五岁起，有个作家的梦想，根本没想到多少代价。恍如隔世，却近在咫尺：迷失、黑暗、苦难、生者与死者，包括命运。穿越半个世纪的不测风云——我头发白了。

按中国人说法，命与运。我谈到俄国诗人曼德尔施塔姆。除了外在命运，还有一种内在命运，即常说的使命。外在命运和使命之间相生相克。一个有使命感的人，必然与外在命运抗争，并引导外在命运。

十九岁那年当建筑工人，初试动笔，这是出发的起点。众人睡通铺，唯我独醒。微光下，读书做笔记，静夜，照亮尊严的时刻。六年混凝土工，五年铁匠，劳动是永恒的主题——与大地共呼吸。筑起地基，寻找文字的重心；大锤击打，进入诗歌的节奏。感谢师傅们，教我另一种知识。谁引领青春岁月，在时代高压下，在旱地的裂缝深埋种子。

四十不惑，迎风在海外漂泊。重新学习生活、为人之道，必诚实谦卑。幸运的是，遇上很多越界的人，走在失败的路上。按塞缪尔·贝克特的说法，失败，试了，失败，试了再试，多少好点儿。谁都不可能跨越，若有通道，以亲身体验穿过语言的黑暗。打开门窗，那移动的地平线，来自内在视野。

写作的人是孤独的。写作在召唤，有时沉默，有时叫喊，往往没有回声。写作与孤独，形影不离，影子或许成为主人。如果有意义的话，写作就是迷失的君王。在桌上，文字越过边缘，甚至延展到大地。如果说，远行与回归，而回归的路更长。

我总体愚笨。在七十年代地下文坛，他们出类拔萃，令我叹服，幸好互相取暖，砥砺激发。我性格倔强，摸黑，在歧路，不见棺材不掉泪。其实路没有选择，心是罗盘，到处是重重迷雾，只能往前走。

很多年过去了。回头看，沿着一排暗中的街灯，两三盏灭了，郁闷中有意外的欣喜：街灯明灭，勾缀成行，为了生者与死者。

北岛

2014年12月8日

目 录

辑一

3 听风楼记
　　——怀念冯亦代伯伯

19 青灯

29 我的日本朋友

38 如果天空不死
　　——怀念熊秉明先生

43 与死亡干杯

52 话说周氏兄弟

62 艾基在柏洛伊特

72 远行
　　——献给蔡其矫

辑二

95 智利笔记

122 革命与雏菊

132 忆柏林

141	西风
150	多情的仙人掌
160	三张唱片
165	在中国这幅画的留白处
174	他乡的天空

辑一

听风楼记

——怀念冯亦代伯伯

一

1976年10月上旬某个晚上,约摸10点多钟,我出家门,下楼,行百余步,到一号楼上二层左拐,敲响121室。冯伯伯先探出头来,再退身开门,原来正光着膀子。他挥挥手中的毛巾,说:"来。"于是我尾随他到厨房。他背对我,用毛巾在脸盆汲水,擦拭上身。那时北京绝大多数人家都没有条件洗澡。冯伯伯那年六十三岁,已发福,背部赘肉下垂,但还算壮实。他对拉着毛巾搓背,留下红印。正当他洗得酣畅,我突然说:"'四人帮'被抓起来了。"只见他身体僵住,背部一阵抽动。他慢慢转过身来,紧紧盯着我,问:"真的?"我点点头。"什么时候?""就前两天。"他相信了我的话,把毛巾扔进脸盆,和我一起来到客厅。我们话不多,语言似乎变得并不重要。他若有所思，嘴张开，但并非笑容。

当我听到冯伯伯去世的消息，最初的反应是麻木的，像一个被冻僵了的人在记忆的火边慢慢缓过来；我首先想起的，就是三十年前这一幕，清晰可辨，似乎只要我再敲那扇门，一切就可以重新开始。

我和冯伯伯住在同一个民主党派的宿舍大院——三不老胡同一号，那曾是郑和的宅邸。后来不知怎地，在囫囵吞枣的北京话中，"三宝老爹"演变成了"三不老"。我们院的变迁，就如同中国现代史的一个旋转舞台，让人眼晕：刚搬进去时还有假山，后来拆走推平了，建小高炉炼钢铁，盖食堂吃大锅饭；到了"文革"，挖地三尺，成了防空洞；改革开放又填实，立起新楼。

我和冯伯伯应该是1973年以后认识的，即他随下放大军回到北京不久。我那时跟着收音机学英语，通过我父亲介绍，结识了这位翻译界的老前辈。那时都没有电话。一个匮乏时代的好处是，人与人交往很简单——敲门应声，无繁文缛节。再说民主党派全歇菜了，翻译刊物也关张了，冯伯伯成了大闲人，百无一用；他为人又随和，喜欢跟年轻人交往。于是我利用时代优势，闯进冯伯伯的生活。

要说这"听风楼",不高,仅丈余;不大,一室一厅而已。我从未入室,熟悉的只是那厅,会客、读书、写字、用餐、养花等多功能兼备。一进门,我就近坐在门旁小沙发上。一个小书架横在那里,为了把空间隔开,也给窥视者带来视觉障碍。冯伯伯往往坐对面的小沙发,即主人的位置。此房坐南朝北把着楼角,想必冬天西北风肆虐,鬼哭狼嚎一般,故得名"听风楼"。若引申,恐怕还有另一层含义:听人世间那凶险莫测的狂风。

冯伯伯学的是工商管理,即现在最时髦的MBA。他在上海沪江大学上二年级时结识郑安娜。当时英文剧社正上演莎士比亚的《仲夏夜之梦》,他一眼就看中了台上的郑安娜。他们于1939年成婚。他说:"和一个英文天才结婚,不搞翻译才怪。"

待我见到郑妈妈时,她已是个和蔼可亲的小老太太了。每次几乎都是她来开门,向客厅里的冯伯伯通报。让我至今记忆犹新的是,她总是系围裙戴袖套,忙忙碌碌,好像有干不完的家务事。她从老花镜上边看人,用老花镜外加放大镜看书看世界。她在干校患急性青光眼,未能得到及时治疗,结果一只眼瞎了,另一只眼也剩下微弱视力。我一直管她叫"冯妈妈"。她轻声细语,为人爽快；偶尔也抱怨，但止于一声叹息。她是由宋庆龄推荐给周恩来的，在全国总工会当翻译。她就像本活字典一样，冯伯伯在翻译中遇到疑难总是问她。

记得我当时试着翻译毛姆的《人性枷锁》(*Of Human Bondage*)的第一章。有个英文词 egg-top，指的是英国人吃煮蛋时敲开外壳挖下顶端的那部分。我译成"鸡蛋头"，又觉得莫名其妙，于是找冯伯伯商量，他也觉得莫名其妙。他说，饮食文化中很多地方是不可译的。我们讨论一番，还是保留了莫名其妙的"鸡蛋头"。

说实话，我用这么简单的问题去纠缠一个老翻译家，纯粹是找借口。他们家最吸引我的是"文革"中幸存下来的书，特别是外国文学作品，那些书名我都忘了，只记得有一本冯伯伯译的海明威的《第五纵队》(*The Fifth Column*)，再现了海明威那电报式的文体，无疑是中国现代翻译的经典之作。他自己也对《第五纵队》的翻译最满意。在一次访谈中，他说："你想一次翻译成功不行，总是改了又改，出了书，再版时还要改，我译的海明威的戏剧《第五纵队》，我推倒重来了五六次，现在还得修改，但现在我已没力气改了。因此，我曾苦恼、气馁，想改行，可翻译是我的爱好……"

冯伯伯是个温和的人，总是笑眯眯地叼着烟斗，脸上的老年斑似乎在强调着与岁月的妥协。我那时年轻气盛，口无遮拦，而他正从反右和"文革"的惊吓中韬光养晦，却宽厚地接纳了我的异端邪说，听着，但很少介入我的话题。

正是我把"四人帮"倒台的消息带到听风楼，我们的关系发生了改变，我不再是个用"鸡蛋头"纠缠他的文学青年了，我们成了"同谋"——由于分享了一个秘密，而这秘密将分别改变我们的生活。那一夜，我估摸冯伯伯彻夜难眠，为了不惊动冯妈妈，他独自在黑暗中坐了很久。风云变幻，大半辈子坎坷都历历在目，他本来盘算着"夹起尾巴做人"，混在社会闲杂人员中了此残生。

二

偶尔读到冯伯伯的一篇短文《向日葵》，让我感动，无疑对解读他的内心世界是重要的。这篇短文是由于凡·高那幅《向日葵》拍卖中被私人据为己有引发的感叹，由此联想到很多年前在上海买下的一张复制品。

他写道："十年动乱中，我被谪放到南荒的劳改农场，每天做着我力所不及的劳役，心情惨淡得自己也害怕。有天我推着粪车，走过一家农民的茅屋，从篱笆里探出头来的是几朵嫩黄的向日葵，衬托在一抹碧蓝的天色里。我突然想起了上海寓所那面墨绿色墙上挂着的凡·高的《向日葵》。我忆起那时家庭的欢欣，三岁的女儿在学着大人腔说话，接着她也发觉自己学得不像，便嘻嘻笑了起来，爬上桌子指着我在念的书，说等我大了，我也要念这个。而现在眼前只有几朵向日葵招呼着我，我的心不住沉落又飘浮，没个去处。以后每天拾粪，即使要多走不少路，也宁愿到这处来兜个圈。我只是想看一眼那几朵慢慢变成灰黄色的向日葵，重温一些旧时的欢乐，一直到有一天农民把熟透了的果实收藏了进去。我记得那一天我走过这家农家时，篱笆里孩子们正在争夺丰收的果实，一片笑声里夹着尖叫；我也想到了我远在北国的女儿，她现在如果就夹杂在这群孩子的喧哗中，该多幸福！但如果她看见自己的父亲，衣衫褴褛，推着沉重的粪车，她又做何感想？我噙着眼里的泪水往回走。我又想起了凡·高那幅《向日葵》，他在画这画时，心头也许远比我尝到人世更大的孤凄，要不他为什么画出行将衰败的花朵呢？但他也梦想欢欣，要不他又为什么要用这耀眼的黄色作底呢?"

在我印象中,冯伯伯是个不善表达感情的人,没想到他在这篇短文中竟如此感伤,通过一幅画写尽人世的沧桑。一个记者前几年采访冯伯伯。据他记载,他最后问道:"你能简单地用几句话总结你的一生吗?"冯亦代沉沉地说:"用不了几句话,用一个字就够了——难。"末了,老人突然怆然泪下。

我们不妨细读这篇短文中的一段:"解放了,我到北京工作,这幅画却没有带来;总觉得这幅画面与当时四周的气氛不相合拍似的。因为解放了,周围已没有落寞之感,一切都沉浸在节日的欢乐之中。但是曾几何时,我又怀恋起这幅画来了。似乎人就像是这束向日葵,即使在落日的余晖里,都拼命要抓住这逐渐远去的夕阳。"这种内心的转折,反映了知识分子与革命的复杂关系。

冯亦代于1941年离开香港前往重庆,临行前曾受乔冠华嘱托。到重庆后,他对左翼戏剧电影业帮助很大,并资助那些进步的文化人士。到了迟暮之年,记者在采访中问及那些往事。"有些事到死也不能讲。"他沉默了半天,又说:"我做的事都是党让我做的,一些党内的事是不可以公开的。做得不对是我能力有限,是我的责任,但是一开始都是党交给的工作。我只能讲到此为止。"黄宗英逗着问他："总能透点风吧。"他断然地说："连老婆也不能讲。"也许在今天的人们看来这种事是可笑的，半个多世纪过去了，连国家档案局的资料都解密了，还能真有什么秘密可言？我想冯伯伯说的不是别的，而是他在青年时代对革命的承诺：士为知己者死。

据冯伯伯的女儿冯陶回忆："1949年解放以后，周恩来让胡乔木到南方去搜罗知识分子支持中央政府，爸爸和我们全家就到了北京。爸爸妈妈到了北京之后忙得不得了，根本见不着他们……那段时间应该是他们意气风发的时候，因为自己的理想实现了，他们希望建立这样的国家。后来爸爸调到了外文出版社，没过多久，就开始了反右运动，爸爸也是外文社第一个被打成右派的。"

据说在北京市民盟的整风会上，大家都急着把帽子抛出去，免得自己倒霉。而这项右派帽子怎么就偏偏落到他头上了？依我看，这无疑和冯伯伯的性格有关。首先人家让他提意见，他义不容辞；等轮到分配帽子时，他又不便推托，只好留给自己受用。这和他所说的"有些事到死也不能讲"在逻辑上是一致的。

冯伯伯跟我父亲早在重庆就认识了，他们同在中央信托局，我父亲只是个小职员，而冯伯伯是中央信托局造币厂副厂长。那时的文艺界都管他叫"冯二哥"，但谁也闹不清这称号的出处。据说，他仗义疏财，"摆开八仙桌招待十六方"，凡是在餐馆请客都是他"埋单"。要说这也在情理之中，和众多穷文人在一起，谁让他是印钞票的呢？

据说到了晚年，冯伯伯卧床不起，黄宗英向他通报刚收到的一笔稿费，冯伯伯问了问数目，然后用大拇指一比画，说："请客。"

"文革"中冯伯伯除了"美蒋特务""死不改悔的右派"等罪名外，还有一条是"二流堂黑干将"。关于"二流堂"，冯伯伯后来回忆道："香港沦陷后，从香港撤退的大批进步文化人汇聚重庆。首先见到夏衍，他住黄角垭口朋友家里。不久夏衍夫人亦来。唐瑜便在山坡处另建一所三开间房子，人称'二流堂'。重庆的文化人经常来这里喝茶、会友、商谈工作。"

郭沫若戏称的"二流堂"，不过是个文人相聚的沙龙而已。同是天涯沦落人，杯光斛错，一时多少豪情！但只要想想暗中那些"到死也不能讲"的事，为杯中酒留下多少阴影。既然堂中无大哥，这仗义疏财的"冯二哥"自然成了头头,再加上"到死也不能讲"的事,赶上"文革",可如何是好?他必然要经历革命逻辑及其所有悖论的考验。他回忆道:"'文革'时我最初也想不通。一周之间,牙齿全部动摇,就医结果,十天之内,拔尽了上下牙齿,成为'无齿'之徒。"

一个人首先要看他是怎么起步的,这几乎决定了他的一生。冯伯伯当年也是个文学青年,居然也写过新诗。说起文学生涯的开端,他总是提到戴望舒。1938年2月,他在香港《星岛日报》编辑部认识戴望舒。戴望舒对他说:"你的稿子我都看过了。你的散文还可以,译文也可以,你该把海明威的那篇小说译完,不过你写的诗大部分是模仿的,没有新意,不是从古典作品里来的,便是从外国来的,也有从我这儿来的。我说句直率的话,你成不了诗人。但是你的散文倒有些诗意。"

三

二十世纪七十年代末,听风楼终于装上了电话,那是个现代化的信号,忙的信号,开放与拒绝的信号。冯伯伯从此成了大忙人,社会活动越来越多。我再按往日的习惯去敲门，往往扑空，只能跟冯妈妈拉拉家常。

《世界文学》要复刊了，这就等于给一棵眼见着快蔫了的植物找到了花盆。冯伯伯喜形于色，郑重宣布《世界文学》请他翻译一篇毛姆的中篇小说，发在复刊号上。但毕竟手艺生疏了，得意之余又有点儿含糊。他最后想出个高招，请一帮文学青年前来助阵，也包括我。他向我们朗读刚译好的初稿，请大家逐字逐句发表意见，为了让译文更顺畅更口语化。一连好几个周末，我们聚在冯伯伯的狭小的客厅里，欢声笑语，好像过节一样。我们常为某个词争得脸红脖子粗，冯妈妈握着放大镜对准大词典，帮他锁定确切的含义。最后当然由冯伯伯拍板，只见他抽烟斗望着天花板，沉吟良久，最后说："让我再想想。"

像冯伯伯这样的大翻译家，居然在自己的领地如履薄冰。他常被一个词卡住而苦恼数日，最终顿悟有如天助一般，让他欣喜若狂。再看看如今那些批量生产的商业化文学翻译产品，就气不打一处来。

而冯伯伯在百忙中并没忘掉我，他把我介绍给筹建大百科全书出版社的阎明复。我参加了翻译资格考试，居然考中了，但最终还是没调成。随后他又把我介绍到刚复刊的《新观察》杂志社，试用了一阵，我成了文艺组的编辑。

1978年12月下旬某个下午,我匆匆赶到听风楼,冯伯伯刚好在家。我拿出即将问世的《今天》创刊号封面,问他"今天"这个词的英译。他两眼放光,猛嘬烟斗,一时看不清他的脸。他不同意我把"今天"译成TODAY,认为太一般。他找来《英汉大词典》,再和冯妈妈商量,建议我译成 The Moment,意思是此刻、当今。我没想到冯伯伯比我们更有紧迫感,更注重历史的转折时刻。于是在《今天》创刊号封面上出现的是冯伯伯对时间的阐释:The Moment。

我想起瑞典诗人特朗斯特罗默(Tomas Tranströmer)的诗句:"我受雇于一个伟大的记忆。"记忆有如迷宫,打开一道门就会出现另一道门。说实话,关于为《今天》命名的这一重要细节早让我忘掉了。有一天我在网上闲逛,偶然看到冯伯伯握烟斗的照片,触目惊心,让我联想到人生中的此刻。我们每个人都生活在此刻,而这个此刻的门坎在不断移动。说到底,个人的此刻也许微不足道,但在某一点上,若与历史契机接通,就像短路一样闪出火花。我昨天去超市买菜,把车停好,脚落在地上,然后一步一步走动,突然想到二十七年前的这一幕:The Moment。是啊,我多想看清冯伯伯那沉在烟雾中的表情。

恰好就在此刻，冯伯伯和他的朋友们正筹划另一份杂志《读书》。这份杂志对今后几十年中国文化所产生的深远影响，应该怎么说都不过分。尽管《读书》和《今天》走过的道路不同，但它们却来自同一历史转折点。

回想二十世纪八十年代，真可谓轰轰烈烈，就像灯火辉煌的列车在夜里一闪而过，给乘客留下的是若有所失的晕眩感。八十年代初，我成家了，搬离三不老大院。此后和冯伯伯的见面机会越来越少，却总是把他卷进各种旋涡中。大概正是那个夜晚的同谋关系，他没说过不，事后也从不抱怨。1979年10月的《新观察》，发表了冯伯伯为"星星画展事件"写的文章，慷慨陈词。在八十年代末早春一天的风雨中，我曾赶到冯伯伯家办事。记得他表情严肃，非但没有拒绝我的请求，而且说："做得好。"我抬起头，与他对视。他点点头，笑了。

四

去国多年，常从我父亲那儿得到冯伯伯的消息。1993年得知冯妈妈过世的消息，我很难过，同时也为冯伯伯的孤单而担忧,后来听说他和黄宗英结为伴侣,转忧为喜。1996年春天,我和父亲通电话时,他叮嘱我一定给冯伯伯打个电话,说他中风后刚恢复,想跟我说说话。拨通号码,听见冯伯伯的声音,吓了一跳。他声音苍老颤抖,断断续续。他问到我在海外的情况。我纵使有千般委屈,又能说什么呢?"挺好,"我讷讷地说。后来又给冯伯伯打过两三次电话,都说不了什么,只是问候。天各一方,境遇不同;再说时差拆解了此刻,我们又能说些什么呢?

2001年冬天,我因父亲病重回到北京。离开故乡十三年,说实话,连家门都找不到了。我马上请保嘉帮我打听冯伯伯下落,她和黄宗英联系上了,说冯伯伯住在医院。那是个寒冷的早上,街头堆着积雪。由保嘉开车,先去小西天接上黄宗英阿姨。很多年前我就认识黄阿姨,当时我在北京处境不好,曾有心调到海口去,她正在那儿办公司。记得我们在她下榻的旅馆门外一直谈到深夜,她最后感叹道:"你的问题太复杂,而我无权无势,帮不了你这个忙。"二十多年过去了,黄阿姨身体远不及当年,腿脚不便,在我们护驾下,总算上了车,开到中日友好医院。

所有病房首先让我想到的是冰窖，连护士的动作都变得迟缓，好像也准备一起进入冬眠。一见冯伯伯平躺着的姿势，心就往下一沉，那是任人摆布的姿势。听说他已中风七次，这是第八次。是什么力量使他出生入死而无所畏惧？黄阿姨抚摸着冯伯伯的额头，亲昵地呼唤："二哥，我来了。"冯伯伯慢吞吞睁开眼，目光痴呆，渐渐有了一点儿生气，好像从寒冬中苏醒。就在这时候他看见了我，先是一愣。我俯向床头，叫了声"冯伯伯"。他突然像孩子一样大哭起来，这下把我吓坏了，生怕再引起中风，慌忙退出他的视野。周围的人纷纷劝慰他，而他号哭不止，撕心裂肺。他从床单下露出来的赤脚，那么孤立无援。

我们在病房总共待了十分钟，就离开了。我知道这就是永别——今生今世。在门口，我最后回望了他一眼，默默为他祈祷。

冯伯伯曾对黄阿姨说过："我想修改我的遗嘱，加上：我将笑着迎接黑的美。"如此诗意的遗嘱，其实恰好说明他是一个绝望的浪漫主义者。而他对于黑的认识一直可以追溯到童年。他母亲在生下他一个多月后就患产褥热死去。他后来如是说："有母亲的人是有福的，但有时他们并不稀罕，视为应得；可是作为一个从小死去母亲的人来说，母爱对他是多么宝贵的东西。他盼望有母爱，他却得不到；他的幼小心灵，从小便命定是苦楚的。"

五

说实话，得知冯伯伯的死讯并未特别悲伤。他生活过，爱过，信仰过，失落过，写过，译过，干过几件大事。如此人生，足矣。我想起他那孤立无援的赤脚。它们是为了在大地上行走的，是通过行走来书写的，是通过书写来诉说的，是通过诉说来聆听的。是的，听大地风声。

如果生死大限是可以跨越的话，我此刻又回到1976年10月的那个晚上。我怀着秘密，一个让我惊喜得快要爆炸的秘密，从家出来，在黑暗中（楼里的灯泡都坏了）下楼梯，沿着红砖路和黑黝黝的楼影向前。那夜无风，月光明晃晃的。我走到尽头，拾阶而上，在黑暗中敲响听风楼的门。

青　灯

魏斐德（Frederic Evans Wakeman）教授退休的纪念活动早在一年前就开始筹划。从今年年初起，我和他的学生叶文心教授及助手在网上书信往来频繁。在线性时间的进程中，必有一般人难以想象的复杂性：魏斐德本人体内酒精含量不断上升，教授夫人的情绪随之波动；权力真空带来危险的寂静，幕后学院政治运作的种种变数；助手秘书们的未来出路，在读的博士生本科生的普遍焦虑。更何况魏斐德在加州大学伯克利分校（University of California-Berkeley）执教四十年，自立门派，弟子无数，谁来接替掌门人的位置？这多少有如一个王朝的结束，牵动多少人心。

我5月3日从纽约匆匆赶回加州，第二天开车前往伯克利,住进校园内的"女教职员俱乐部"。这维多利亚式木结构的小旅馆隐藏在树丛中。

5月5日下午3时许,我们与教授夫人梁禾在旅馆会合,她先带我们到附近酒吧喝一杯。轮椅上的魏斐德在秘书的陪同下出现,他刚下课,憨笑的脸上略带倦意。

1937年12月12日,魏斐德出生在美国堪萨斯州(Kansas)堪萨斯城。他是长子,有弟妹各一,弟弟参加越战后死于癌症。魏斐德出生不久就随父母搬到纽约。父亲在一家广告公司工作,太平洋战争爆发后在海军服役。1944年他父亲开始写小说,两年后以《小贩》(*Hucksters*)一书成名,被好莱坞改编成同名电影,风靡美国。发财后,父亲决定带全家周游世界。魏斐德先后在加州、墨西哥、古巴、百慕大(Bermuda)、法国上中小学,在佛罗里达(Florida)高中毕业。由于这一特殊经历,他学会了法语、西班牙语和德语。

父亲是他的精神导师。在其指导下,他自幼精读古希腊古罗马和现当代历史学家的著作。十一岁那年,他们住在古巴,父亲让他读一本哥伦布的传记,并亲自驾船带全家游历了传记中描述的一段航程。

在父亲影响下,魏斐德在哈佛读书时开始写小说,仅

第三部《皇家棕榈大道十七号》(*17 Royal Palms Drive*)得以出版。大学毕业后,他到巴黎政治学院(Sciences Po)研究苏联问题。上选修课时,他被越南的一个民间教派吸引,从而带入相关的中国教派。与此同时,一个法国记者有关中国的几本书让他着迷。在巴黎的十字路口,魏斐德从苏联转向中国。

离开酒吧,我们簇拥着有王者风度的魏斐德进入大学艺术博物馆,弟子如云,纷纷向他致敬。下午4时15分,历史系主任宣布纪念活动开幕,先由我朗读了一首献给魏斐德的短诗《青灯》,然后由北京大学刘东教授做专题演讲《北大课堂上的魏斐德》。他从魏斐德二十九岁所写的头一本书《大门口的陌生人》(*Strangers at the Gate: Social Disorder in South China, 1939-1961*)开始,纵观其一生的学术成就。接下来由魏斐德的大弟子周锡瑞教授(Joseph W. Esherick)主持。他从手中一杯水说起,话不多,但动情之处与魏斐德眼角的泪花相辉映。重头戏是斯坦福大学德国史教授詹姆斯·希恩(James Sheehan)与魏斐德的对话。他们两位先后都担任过美国历史学会(American Historical Association)会长。"我看在孔子和列文森(Joseph Levenson)之间,还是列文森对你的影响更大吧？"希恩教授开门见山问。

魏斐德离开巴黎后，本应顺理成章回哈佛跟费正清搞中国研究，但他却选择了在伯克利教书的费正清的学生列文森做导师。这无疑和魏斐德的生活阅历、文学气质和反叛精神有关。哈佛和伯克利代表了美国文化的两种传统，甚至与地缘政治有关。哈佛地处新英格兰的中心，代表美国学术的正统与主流；而伯克利地处种族多元化的亚太圈，是美国左派的大本营、二十世纪六十年代学生造反运动的发源地。

按魏斐德的博士生叶斌的说法，魏斐德继承了列文森有关世界主义（cosmopolitanism）的见解，即认为未来的世界历史应该是民族文化身份和普世价值的和谐共存，是地方主义（provincialism）与世界主义的和谐共存。不幸的是，在尚未充分展开其相关思想时列文森突然辞世。作为他的学生和同事，魏斐德进一步阐释并发展了这一史学观。

美国学术界在传承关系上如此脉络清晰，实在让人叹服。这就是我们所说的传统，它有如地图，标明每个学者的位置，并为后继者指点方向。不懂得传统的人正如没有地图的旅行者，不可能远行。

1992年年底，担任美国历史学会会长的魏斐德发表就职演说《航程》(Voyages)。他的弟子之一詹森(Lionel Jensen)教授是我的同事。他描述说："那是永远难忘的辉煌时刻。只有他的少数学生参加了在纽约希尔顿饭店舞厅的这一盛会。我敢肯定我们全都为那一刻的荣耀感到温暖，为我们老师的成就得到公认而自豪。当我们聚在舞厅外激动地议论时，很多亚洲专家也被感染了。那是我所听到的最出色的演讲。"

《航程》基于对哥伦布、魏斐德一家和郑和的航程的回顾，是从一个孩子的童年记忆开始的：偷袭珍珠港那天下午，后出任艾森豪威尔政府国务卿的威廉·罗杰斯(William P. Rogers)和他父亲在他家窗口交谈，引起了年仅四岁的魏斐德的注意……他接着讲述了从1948年到1949年他们家沿哥伦布第二次航行路线的游历，由此出发，他从中国苦力在古巴港口货船上的绝境，到郑和耀武扬威的航程……那跨时空跨种族文化的航程，借助一种奇特的文体，将历史与个人、叙述与沉思、宏观视野与生动细节交织在一起。

退休纪念活动开幕式后是小型晚宴。叶文心教授特意把我安排在魏斐德和家人的小桌上。我与魏斐德对坐，在座的有他妹妹、妹夫和他那英俊的儿子。烛光在每个人脸上摇曳。他们提到死去的父亲和弟弟。死者如沉钟，往往只在家庭团聚时敲响。梁禾也坐过来，担心魏斐德喝得太多。他们在俄勒冈（Oregon）州绿水青山的乡下买了房子，退休后将搬过去。我总是开玩笑说，魏斐德要被老婆绑架到"绿色监狱"去了。此刻，我煽动他在入狱前多喝几杯。

我和魏斐德初次见面是1989年深秋，在纽约，一次美国笔会讨论会上。第二次握手是十三年后，在北京，即我首次获准回去探望病重的父亲，由刘东夫妇宴请。那次见面的印象是混乱的：难以辨认的故乡、尘土飞扬的街道、装饰浮华而无残疾人通道的餐厅和史学大师在轮椅上挣扎的无奈表情。

此后我们从往甚密。三年前我们办喜事只请来五位亲友，包括他们夫妇。我们常到他们在旧金山海湾大桥旁的公寓做客。有一次梁禾央我读诗，由魏斐德念英文翻译。当他读到"一只孤狼走进／无人失败的黄昏"时，不禁落了泪。薄暮如酒，曲终人散，英雄一世自怆然。

其实，我对魏斐德在学术上的造诣所知甚少，真正打动我的是他人性的魅力。他深刻而单纯，既是智者又是孩子。跟他在一起，会让人唤起一种对人类早年精神源头的乡愁。他笑起来如此纵情毫无遮拦，如晴天霹雳，只有内心纯粹的人才会这样笑。我想正是他的博大、正直和宽容超越了学院生活的狭隘、晦暗与陈腐，超越个人的荣辱、爱憎与苦乐。

历史（history）这个词在英文中可以分解成两个词，即"他的""故事"。历史到底是谁的故事呢？上帝的故事、强权者的故事，还是历史学家的故事？无论如何，那些繁浩文献中的碎片，是通过历史学家的手连缀起来的。而历史给历史学家想象与阐释的空间，历史学家赋予历史个人化的性格。很难想象没有《史记》没有《资治通鉴》，中国历史会是什么样子？

二十世纪五十年代末，由于魏斐德掌握包括俄语在内的四种外语，中央情报局看中了他。卡特（James Earl Carter）执政期间，他还差点儿被任命为驻中国大使，但他还是选择走学术的道路。由于列文森猝死，年仅二十七岁的魏斐德开始执教，成为最年轻的教授之一。

主持纪念活动的周锡瑞教授追忆往事。他当年来伯克利投奔列文森，没想到导师之死让他成为仅年长几岁的魏斐德的学生。那时学生运动风起云涌，而他又是学生领袖之一，根本没把这年轻导师放在眼里。在魏斐德的必读书单中，有法国历史学家马克·布洛克（Marc Bloch）的《法国农村史》（*Les Caractères originaux de I'histoire rurale française*），遭到周锡瑞等激进学生的抵制——我们学的是中国史，与西方史何干？在课堂上，魏斐德讲了个故事。在德国占领期间，一个参加抵抗运动的战士被盖世太保抓住，和别人一起拉出去枪毙。他对身边十六岁的男孩（后幸存下来）最后说："别哭，我的孩子。"这时机关枪响了……他就是马克·布洛克。魏斐德说完平静地离开教室。

还有件事让周锡瑞难以释怀。他写博士论文时，魏斐德在信中写道："你的立论（thesis）有问题。"在英文中，thesis 又是论文的意思。周误以为后者，勃然大怒，写了封长信痛斥老师。直到魏过五十岁生日时，周终于为此道歉。周锡瑞教授说，一想到在自己档案中有这样一封信，就无地自容。

而魏斐德也被回忆之光照亮：有一次和周锡瑞一起去滑雪，擅长滑雪的周把他带到最危险的区域。当魏从陡坡上摔倒，周耐心关切，一路指点把魏带下山。魏斐德说，在那一刻，他们的师生关系被颠倒过来。

纪念活动的真正高潮是第三天上午助手秘书的表演。她们首先抬出十年前的一张巨幅照片——那是健康乐观的魏斐德。接着展示的是他的小说《皇家棕榈大道十七号》的封面。按她们的说法，好莱坞最近购买了改编权，于是她们分别朗读被"改编"的章节，引起阵阵笑声。魏斐德上台致谢，他特别提到助手凯茜（Cathy），提到1998年手术事故后无微不至的照料，说到此，他泣不成声。

活动结束次日，我和魏斐德夫妇相约在一家咖啡馆吃午饭。天晴，乍暖还寒。魏斐德的倦容中有一种轻松感。他要赶去上最后一堂课。我把他送上汽车，拥抱道别。梁禾告诉我，有人提议以他的名义创立什么"伯克利学派"，甚至提出"魏斐德主义"，被他断然回绝。"那是可笑的！"他说。

作为历史学家，他深知权力和声誉被滥用的危险。而他只愿在历史的黑暗深处，点亮一盏青灯。有诗为证：

故国残月

沉入深潭中

重如那些石头

你把词语垒进历史
让河道转弯

花开几度
催动朝代盛衰
乌鸦即鼓声
帝王们如蚕吐丝
为你织成长卷

美女如云
护送内心航程
青灯掀开梦的一角
你顺手挽住火焰
化作漫天大雪

把酒临风
你和中国一起老去
长廊贯穿春秋
大门口的陌生人
正砸响门环

我的日本朋友

我的日本朋友 AD 生于二十世纪五十年代末，即日本经济起飞以前，由于营养不良，个儿矮，仅一米六三。"那是和我同年出生的日本男人的平均身高，"他说到此嘿嘿一笑，有点儿无奈有点儿自嘲，好像他是幸存下来的日本现代化的史前动物。他出生在北海道一个农民家庭，上大专时开始学中文。说到自己的导师他满脸敬仰，似乎让别人也分享这阳光雨露般的恩泽。在导师的指引下，他在大阪一家书店工作了几年，积攒下银两，为了到北京留学。做店员的记忆并不怎么愉快，按他自己的话来说："我每天至少得鞠好几百个躬。"

在北京，他与自己的文化拉开距离。我能想象一个日本人在礼仪丧尽的中国混久了的那股子舒坦劲儿，可迎风打哈欠,自由自在伸懒腰,穿背心满大街溜达。北京语言学院毕业后,他死活要留在北京。"一想到回日本每天要鞠那么多躬,我就怕。"他说。

说到日本人的鞠躬,我算服了。前几年去日本参加活动,我到哪儿都赶紧握手,就想免去鞠躬这一繁文缛节。可发现握了白握,日本人民握完手后退一步,然后深鞠躬。入乡随俗,我只好握完手再鞠躬,或先鞠躬后握手,后来索性放弃握手这一繁文缛节。而鞠躬这门学问博大精深,其弯曲程度取决于社会等级贫富辈分性别等种种差异,且一次到位,不能找补。在日本,据说,某些公司在培训雇员时,准备可调节角度的三角型板架,仅鞠躬这一项就得苦练三个月。要不怎么成了魔怔,若是在日本看见有人在电话亭边打电话边鞠躬,电话另一头肯定是老板。

我跟 AD 相识于八十年代初。纱幕代替铁幕,那时中国人和外国人之间还有神秘感,正是这神秘感,造就了不少浪漫故事。在人大读书的晓阳正学日文,时不时组织郊游,把天真浪漫的日本留学生和好勇斗狠的中国老愤青往一块掺和,等于是让羊与狼共处。AD 是人大一个日本留学生的老乡,也被捎了进来。先是草地上的交谊舞、野餐、赛歌，最后一道节目是诗朗诵。晓阳把一个胖乎乎的日本女留学生的诗结结巴巴翻成瘦瘦的中文，非逼着我当众朗诵，再把我那瘦瘦的诗翻成胖乎乎的日文。

那些漂亮潇洒聪明伶俐的纷纷从友谊的离心机甩出去，只有老实巴交的AD留下来，成了我们家的座上宾。正赶上他手头拮据，积蓄快花完了，还得缴学费，于是比他穷十倍的我们发出了邀请。"只不过多添双筷子而已"，这句中国人的客套话撞上了个实诚的北海道农民，一到周末开饭，他准时出现在门口。

我们家还有另一位常客，是我前妻的中学同学的姐姐AL。她五大三粗，离婚携子，职业是在北京某公园游船部钩船。要说这活儿不易，要把那些等待靠岸的特别是满载爱情的小船钩回，得又稳又准才行。可她却怎么也无法为自己钩到这一条船，难免心有戚戚焉。那时没有电话倒省事儿，她推门就进，一泡就是一天。那时诉苦就等于如今的心理治疗，区别是不仅免费还得管饭。于是AD与AL在我们家认识了，孤男寡女，难免有非分之想。

1982年初夏，我们带上AD与AL一起去白洋淀。白洋淀是保定地区的水乡，不少朋友在那儿插过队。从七十年代初起我们如闲云野鹤,常在那儿游荡。如今人去楼空,与当地农民兄弟的友情却依在。

当时对外国人来说,北京二十公里以外就是禁区。好在北海道农民与河北农民外貌差别不大,再加上说中文穿旧衣服,买火车票又不查证件。在永定门火车站半夜排队上车时,我看到AD眼中火星般闪跃的惊恐。我拍拍他肩膀,问他是不是有点儿冷,他缩缩背攥紧拳头说是。对一个日本良民来说,这风险是大了点儿,一旦被发现可以间谍罪论处。

到了白洋淀,我才意识到形势严峻:白洋淀原是抗日根据地,打日本鬼子成了当地人聊天的永恒主题,AD的身份一旦暴露会有生命危险。好在老百姓没出过远门,我们把身材矮小口音浓重的AD说成是广东人,众人不疑。只有一次,给我们棹船的小三突然瞅AD说:"我怎么越看你越像鬼子的翻译官?"把AD吓出一身冷汗。他会摔跤,在和当地小伙子比试时,那架势完全是日本式的——骑马蹲裆,用力时还发出嗨咿嗨咿的怪叫。好在年代久远,游击队的后代已无从辨认。

我们落脚的大淀头村,是诗人芒克当年插队的地方。在瘸腿的阜生的安排下,我们白天棹船游泳,晚上喝酒聊天。白洋淀赶上百年不遇的大旱，加上污染，鱼越来越少。为了请客，渔民用一种所谓"绝户网"，把只有蜡笔那样大小的鱼捞上来，上百条还凑不了一海碗。连渔民都摇头叹气："罪过啊罪过。"他们开始背井离乡，到天津等地打鱼维生。

晚上男女分睡在不同院落。我和 AD 睡在同一土炕上，入睡前东拉西扯。白洋淀让他想起北海道，他讲到母亲，讲到童年的贫困与孤寂。这种乡愁有点儿怪怪的：一个日本人在中国的抗日根据地思乡。

我得到了重要情报：北京钩船的看上北海道这条船，非要钩走不可。于是当晚我找 AD 谈话，我说到人生的完整以及感情生活的必要，说到钩船与爱情属性的相似。只见他在暗中眉头紧锁，连连点头。不，是我的记忆有误，应是第二天早上。我们头天喝到很晚，宿醉未消，我提议出去走走。我和 AD 沿乡间小路，来到淀边，远处芦苇随风起伏。据说我当时的一脸严肃把他吓坏了，于是这美好的愿望被一个遵纪守法的日本人解读成命令了。

从白洋淀归来，两人出双入对，AL 喜上眉梢，AD 呵呵傻笑。不久传来订婚的消息。谁承想节外生枝，这婚事遭到女方家里的强烈反对——原来她爷爷就是被日本人杀害的，父亲又是抗日游击队队长。这是世仇，罗密欧与朱丽叶的悲剧根源。朱丽叶的父亲放话说："嫁谁都行，打死也不能嫁日本人。"让北海道的罗密欧傻了眼，不会甜言蜜语，他在朱丽叶家的床头盘腿呆坐，像一片茶叶那样无辜。这实诚的攻心术外加强势的日本电器，游击队长终于松了口。罗密欧与朱丽叶终于有了后现代的版本。

那年冬天，他们在和平门全聚德烤鸭店摆了两桌喜宴，除了亲朋好友，还有 AD 打工的日本公司的老板。上桌的两瓶"四特酒"估摸是中国的首批假酒，不一会儿来宾全都酩酊大醉。日本老板摇摇晃晃到别的桌跟陌生人敬酒，扯着嗓子高吼日本民歌。我跟小淀对饮，后来才知道他两天没爬起来。我嘛，骑车回家路过中南海，大骂执勤警察，人家挥挥白手套，没跟一个业余酒鬼计较。

1983 年夏天，我的朋友、瑞典使馆文化专员安妮卡（Annika）要去北海道度假，我把她介绍给 AD，他又把北海道的亲人介绍她。旅游归来，安妮卡讲述了北海道风景之优美，民风之淳朴。语言不通，她和 AD 的亲人交流有问题，但为热情好客所感动。"他们让我想起瑞典北方的农民。"安妮卡说。

AD在一家日本大公司当了多年临时工,跑腿的干活。后来到东京总部培训后转了正,据说正式雇用像他这样一个非技术非管理科班出身的,在全公司是破了先例的。他从最底层一级一级往上爬,不到七年工夫,成了该公司驻北京总代表。他的升迁,据说不仅由于他为人厚道可靠,更主要的是他深谙中国人的文化密码,通人情知"猫腻",办事麻利,连中国的高官都特别喜欢他。他搬进高级公寓,有了私人司机,从我们的视野中淡出。

说到中国人的文化密码,这事非得靠自己悟。他在北京语言学院读书时,专程去重庆度假。按照日本习惯,他事先研究导游手册,通过旅行社订好当地最高级的旅店——人民宾馆,包括桑拿浴等高档服务。我也在那儿住过,远看像北京的人民大会堂,近看像土地庙,是地方官员对中央最高权力既敬畏又嫉恨的扭曲象征。

为了和中国人民打成一片,他身穿褪色中山服,剃了个小平头,兴致勃勃地上路。刚下火车,就看见有人高举"人民旅馆"的牌子在吆喝,他稀里糊涂地跟别的客人上了平板三轮车,转弯抹角,被拉到火车站附近一个小巷里。灯火通明处,进门登记,被安置在一排通铺上。

他躺下,找出旅游手册,纳闷,环顾四周,终于找到服务员。"同志,请问桑拿浴在哪儿?""什么桑拿浴?"人家白了他一眼。他拿出预订单和旅游手册。原来是把"人民宾馆"与"人民旅馆"弄混了,这是一家白天洗澡晚上出租床位的公共澡堂。第二天他赶到人民宾馆,刚进大门就被两个人高马大的保安给架了出来:"臭要饭的,这地方是你来的吗?"他一边蹬腿一边高叫:"我,我是日本人!我订好了房间!"直到他掏出日本护照,保安才放了他,并向他道歉。

讲到这故事的结尾处,他酸楚一笑。一个来自等级森严的社会的小人物,由于对平等与社会公正的向往而学习另一种语言……要是单单用钱说话,这语言他懂。他平步青云后只有一个爱好:打高尔夫球。那是多么孤独的运动,挥杆赶路的全部努力就是把一个小白球送进若干小洞里。然而这一身份标志在中国是不言自明的,所有服务员对他毕恭毕敬。

AD怕老婆是出了名的,在公司传为佳话。要说怕老婆不是坏事,就怕不给面子。他在北京应酬多,每逢醉倒,由司机和下属抬回家,老婆拒绝开门,他只好在走廊忍一宿,头枕穿堂风,身盖明月清辉。

他们两口子的亲生儿子，和我女儿一起长大，一起上同一所中学。我女儿转述了他儿子讲的一段逸事。他们全家外出度假时，有一天儿子回到旅馆房间，从门外听见他爸正大声斥责他妈，势如排山倒海，夹杂着噼里啪啦的抽打声。儿子心想，我爸还反了，竟如此胆大妄为。一进屋才恍然大悟，他妈根本不在场，他爸暴打的只不过是个皮沙发。

据说很多年来 AD 都不肯原谅我，因为白洋淀那番谈话。可人生此一时彼一时，要说当年一个中国钩船的女人，怎么就配不上一个日本农民、店员和穷学生呢？即使不提门当户对，那也是两情相悦。

2001 年冬天，我回到阔别十三年的北京，见到 AD 和他家人。我们在一间川菜馆共进晚餐后，到他家小坐。要说他倒不怎么显老，只有鬓角花白。那天晚上他话很少，显得矜持。我两杯白酒下肚，晕乎乎，有点儿动情。我忽然想跟他一起去北海道，看看他生长的地方，追溯他的童年；忽然想穿过二十年岁月的重重迷雾，回到那个白洋淀的早晨。在芦苇随风起伏的岸边，也许我该说点儿别的，比如，"如果你是条船，漂泊就是你的命运，可别靠岸。"

如果天空不死

——怀念熊秉明先生

我是临回北京前听说熊秉明先生住院的消息的。到北京的第三天,巴黎的朋友力川来电话,得知他走了。记得去年夏初和力川专程去看他。他家离巴黎很远,开车要一个来小时。那天他看起来精神不错。我们喝茶吃蛋糕,谈天说地。在午后的宁静中,几盆花开得热烈。他忽然谈到老年和正视死亡的问题。他说到死是一门学问,每个人都得学而习之,特别到了老年,更要认真对待。他甚至想在国内开门课,和学生讨论这些问题。说到此,他脸上有一种智者的从容。他的死讯,让我想起他当时的表情。

在巴黎的朋友都叫他熊先生。先生如今已被俗用了——女士们先生们,其本意是先师的意思。在海外受过教育的华人，往往用字反倒比国内的人谨慎，特别是在像巴黎这样阴性的城市。故熊先生这个称呼是恰当的，表示一种亲切的敬意，并没生猛到言必称大师的地步。

我和熊先生相识的确切时间记不清了，应是1987年夏天。那时我们一家住英国，利用暑假到巴黎等地漫游。对我来说，那是一段难忘的时光，贫困但闲散。记得在熊先生夫人当时办的旅行社开过个座谈会，有画评家陈英德，雕塑家王克平和熊先生。随后王克平还开车带我去拜访熊先生。他那时住巴黎近郊。后院是他的工作室，堆满了他的雕塑作品。印象最深的是一只铁皮乌鸦和用多层纸板黏合成的鲁迅头像。克平告诉我，自二十世纪五十年代初起他就在法国画坛非常活跃，在不少法国及欧洲的大展上得过奖。

后来才知道，熊先生不仅是雕塑家，也是诗人、书法家、学者、哲学家。他为人谦和，不计功利。可以说，他是中国传统文人和西方自由知识分子在最好意义上的结合，是自五四以来留下的为数不多的通才之一。所谓通才，不仅指在学问上博大精深，更重要的是对历史对人生的彻悟和关怀。与通才相对应的是专才，这就是充斥今日的那些所谓专家们。他们专业越分越细，路越走越窄，所掌握的知识纯粹用来混饭的。再看看当今统治世界的技术官僚，正是这种专才在权力层面的延伸，从上到下，几乎个个懂行能干，就是没有灵魂。

九十年代初我在巴黎住过，以后常来常往，但和熊先生见面的机会并不多，尤其是他后来搬出巴黎，因眼神不好开不了车，很少进城。去年夏天，他特地约我到他家小住几日，要好好聊聊，最后还是没去成。悔矣。人在的时候，以为总有机会，其实人生就是减法，见一面少一面。

我父亲前年春天重病住院。熊先生很着急，专门给杨振宁先生打电话，希望能由他出面帮我回国探望。他和杨先生是世交，父辈都是清华数学系的教授；他俩不仅同龄，还是同班同学，深厚情谊一直延续至今。我那时在纽约州立大学石溪分校（Stony Brook University）教书，有幸跟杨先生结识，很投缘。在熊先生的重托下，杨先生格外重视。我终于得以成行，回北京见到垂危的老父亲。熊先生一直关注我回国的事，并常问起我父亲的状况。此生此情，怎是一个谢字了得？

熊先生住得远，来去匆匆，难得有时间多聊聊。和他在一起很少喝酒，总是清茶一杯。茶带来的记忆就是和酒不同,清爽明澈,这也恰似熊先生的为人。熊先生很健谈,路数多变,或曲径通幽,或海阔天空。记得有一回他对我的诗委婉提出批评,我和他争了起来,且相当不敬,而他只是宽厚地笑笑。另一回他请我读一首近作,结尾是"如果天空不死",他感叹说,这句让他想起他的青年时代。我当时不知道这联想是怎么来的,现在终有所悟。这诗句其实有种悖论式的紧张:说来年轻时的天空是不死的,但虚拟语气对此提出了质疑,那正是青春期的困惑。

二十世纪最后一年,熊先生在北京、上海、昆明、台北、高雄举办了巡回展《熊秉明的艺术——远行与回归》。这题目起得好,我想一定是熊先生自己起的。看看熊先生的年表,正如一条路线图,和历史事件、战乱、内心骚动有关。他1922年生于南京。父亲熊庆来是著名数学家,1927年父亲到清华教书,举家迁到北京。七七事变后,又随父亲搬到昆明,1944年毕业于西南联大哲学系。然后越走越远了,走出了国界——他1947年考取公费留法,直到1972年才第一次回国,这一走就是四分之一世纪。他父亲已死于"文化大革命"中。此后他开始往回走了,回国办展览讲学出书。远行和回归,甚至不仅仅是时间和空间上的，也是他的心路历程。他不久前提到，虽然在法国住了五十多年，他并不觉得有融入法国社会的需要。熊先生的法文应已到了炉火纯青的地步，而他从不用法文写作。我想其实他骨子里有一种骄傲，中国文化的骄傲，这骄傲陪他远行，也伴他回归。

熊先生走了，这个世界更加黯淡了，留下我们去面对死去的天空——一个冷漠而高效率管理的时代。

2003年1月17日于美国戴维斯（Davis）

与死亡干杯

在香港中文大学见到中学同学晓峰。上次见面是1988年深秋,在费城,一个老同学家。他当时在纽约上州(Upstate New York)边打工边读博士。在我的召唤下,他买了辆旧车,连续开了十多个小时赶过来,然后是彻夜长谈。眼下是2006年夏天。晓峰的夫人建华是甲骨文专家,现在中文大学工作。他们夫妇请我到教职员餐厅吃晚饭。晓峰发福了,两鬓华发。同代人久别重逢就如同照镜子:你看见人家多老,你就有多老。十八年如一夜,好像早上醒来接着聊。千言万语,我们首先说到的是刘羽。

1972年秋天,刚从内蒙回来的晓峰告诉我,他们院儿有人蹲了三年大牢刚放出来,在牢里结识了不少文化名人。此人刘邦的刘,项羽的羽。现在嘛,他是"先锋派"的"联络副官"。于是我认识了刘羽,通过刘羽认识了芒克,通过芒克认识了彭刚。正是我和芒克等人的友谊,才有了后来《今天》的故事。当年的大网就是这样织成的,而刘羽是关键的网结。

刘羽少年老成,在他居住的小西天北影演员宿舍,都管他叫"刘公",可见其夫子气。他戴白塑料框眼镜,人中长,微笑时抿嘴,说起话来慢条斯理。自打我认识他那天起,他就念叨要把他的狱中故事写出来。我翘首以盼,这一等就是三十年。

2004年夏天某日凌晨5点,电话铃响,我抄起电话机躲进卫生间。"是我,刘羽。""你这么早来电话?"我不满地说。"我得了肺癌,刚做完切除手术,明天回北京。好在手术成功,这边的朋友待我很好,我回北京再做化疗。"他停顿了一下,说:"手术前我留下遗嘱,如果死在手术台上,就让朋友把骨灰装进信封寄回北京。"他最后总结说,"整天在厨房烟熏火燎,外加抽烟,我不得肺癌谁得?"我嗫嚅着试图安慰他,全是废话。

刘羽1990年随移民潮去了匈牙利,在布达佩斯一家中餐馆打工,老板赖账,他白干了一年多。后转到波兰克拉科夫（Cracow），打工攒钱盘下家餐馆，自己当老板，兼采购会计大厨二厨红白案。

1997年春他到美国来玩，住我家。他一到就开箱取礼物，七八本光艳的《花花公子》杂志滑出来，他连忙收好，说是在机场捡的。我不知道《花花公子》的读者对象，但对一个东欧的中国移民来说多少有点儿残酷意味——浮华世界的镜像永远是颠倒的。说来那是他海外生活的顶峰，餐馆赚钱，说话有底气。他有意留在美国寻找更好的生机，未果。回波兰后不久，遭红眼的波兰人算计，撕毁合约，餐馆被收回。

其后很多年，我大概是跟刘羽唯一经常保持联系的老朋友。要么他用电话卡打给我，要么我打给他。他的餐馆和波兰理发店共享一条线，运气好直通餐馆，否则就一头扎进毛发丛生的理发店，"我不理发，"我在波兰语中绝望地用英文叫喊，"我找 Mr. Liu。"咔嗒一声，电话转到灶台边。无论多忙，Mr. Liu 总是温文尔雅地先说"你好"，好像我是顾客。我们打电话似乎仅仅为了证明对方的存在而已。他很少谈自己，那转换开关后面的生活让我感到神秘。

2000年秋，我应邀去克拉科夫参加国际诗歌会议，议题是诗歌与死亡。我终于能飞到世界另一个角落看望刘羽。他得知这个消息,自然兴奋,却平静地说:"给我带些中文书刊来吧,这儿什么都读不到。"

我到了克拉科夫的旅馆,马上给他打电话,他应声而至。只见他衣服簇新,皮鞋锃亮,像个准备娶媳妇的乡下小伙儿(死后他老婆才告诉我,为了我到来,他在海外这么多年头一回去商店买鞋买衣服)。他一见面就告诉我,我下榻的旅馆餐厅,正是他被波兰人夺走的"聚宝盆"。显然这是他的伤心地。他无奈地摇摇头,就像面对当年不容争辩的监狱一样。

他烟抽得凶,一支接一支;说话还是那么慢条斯理,只是不再谈文学。对于他的现实来说,那是一种奢侈。我请他参加开幕式酒会之类的活动,他犹豫了。"餐馆那边忙,怕过不来,"他讷讷地说。

次日,他尽地主之谊,陪我出去游览拍照。那是晚秋时分,树叶红黄相间,阳光柔和,暗示着冬天的肃杀。克拉科夫位于波兰南部维斯瓦河(Wisla)畔,是波兰中世纪的首都。老城广场保留着文艺复兴时期的原貌,石板路通向过去,让人想到时间的磨砺。给人印象最深的是广场周围的餐厅酒吧,深藏于古老的地窖中,烛光摇曳，仿佛召唤古老的幽灵。

刘羽夫人到旅馆来接我们吃午饭。我扬手招来出租车时注意到她眼中的惶惑，我才意识到出租车就像文学一样，对他们来说是奢侈品。我们来到大学区的灰色楼群中，她坚持要付出租车费。这是栋普普通通的大学生宿舍。上楼，拐弯，穿过楼道，眼前是刘羽的小餐馆：没有店面，只在门口挂了块招牌；五六张小桌错落，虽简陋，但布置得还雅致，干干净净。跑堂的波兰姑娘是唯一的雇员，我们是唯一的客人。刘羽在厨房叮叮当当地忙乎，四菜一汤，招呼我们就座。

这顿饭我吃得一点儿都不踏实：眼见这生意只有赔本的份儿，真不知道他是怎么混过来的。记得1997年春他在我家指天发誓，只要赚到十万美元就洗手不干了。可这不是与那目标背道而驰吗？在我盘问下，刘羽掰指头算了笔细账，主要是成本低人工便宜，利虽薄，积少成多嘛。还有，波兰人民最热爱咕噜肉，一天卖十份就是这个数。他比画，半闭着嘴满意地笑了。这时有客人进来，他起身进了厨房。

克拉科夫的中国人不多，和刘羽来往的是几家中餐馆的老板。在他们中间，刘羽显然是老大哥，知书达理，待人诚恳。人家都比他混得好,有房子有车,我们跟着沾光。一位老板开车带我们去古堡参观,另一位老板在自己的餐馆设宴招待。几杯酒下肚,刘羽话多起来,恢复了八十年代的镇定。

刘羽的朋友遍天下。我们坐火车去华沙,住在他另一个朋友家。他是做皮靴生意的,一赶上暖冬就着急,盼天寒地冻下大雪。几家欢乐几家愁。走在华沙街头,让我想起跟刘羽七十年代扒火车出游的经历。当年人穷志不穷,天不怕地不怕。如今兜里倒有俩钱儿,可走在资本主义的康庄大道上,怎么总让人提心吊胆?

我回到美国,又时不时地在 Mr. Liu 中餐馆与波兰理发店之间奔突,但不再困惑,那电话转换开关后的生活含义明确无误:在一个美丽如画的欧洲中世纪城市,他独自哼着一支伤心饭馆之歌。

2001 年底,我因父亲病重回到北京,再次见到了刘羽。十多年没回家了,北京变得面目皆非,难以辨认。在我看来,那高楼林立的北京丑陋无比,与我的童年与我的青春时代无关,与我无关。在自己的故乡,乡愁更深了。唯有老朋友聚首,才能多少唤醒昔日的感觉。刘羽常来看望我父亲,父亲总是夸刘羽最懂事,体贴老人。

临别前我们在南小街一家上海馆子小聚。我建议他把餐馆卖掉，早点儿搬回北京。他说餐馆不好出手，再说还有赚头，眼见北京的物价越来越高，十万美元不够养老的。我们相约第二年夏天在北京相聚，可谁知道，那一面竟成永别。

两年后刘羽得了肺癌。他回到北京，我请我母亲给他送些钱去。老人爬五层楼，见到刘羽，告诉我说他精神还好，就是消瘦。我跟他通过几次电话，说好我年底回去看望他。他声音平稳，对化疗的前景很乐观。后来才知道，他在波兰做手术时癌细胞已经转移。我同学的弟弟也患了肺癌，在北京肿瘤医院见到刘羽。刘羽赞叹波兰的医疗技术，说他的伤口不用缝合，而是用胶布粘连的。我甚至能想象出他说这话的神情。

10月初刘羽住进复兴医院，病情迅速恶化。据说刚下手术台时他出现幻觉，狂躁地大喊："警察来了，不要抓我！"喊了大半夜。徐晓在《穿越世界的旅行》一文中写道："刘羽弥留之际发自内心的恐惧呼喊，使我联想到他1978年选择不介入《今天》，以至1990年选择出国。他既不是英雄也不是弱者，他介于两者之间。这样一个'毫无侵略性'的人，差点儿病死在铁栅栏里的牢狱之灾，是足以使他记住一辈子,也足以影响他一辈子的。"

在创刊时,刘羽和《今天》的关系若即若离。他常来参加编辑会议,但似乎只是个旁听者。在《今天》第一期后出现分裂的会上,大家吵得不可开交,直到深夜。何去何从,既涉及《今天》的生死存亡,也涉及每个人的命运。就在这关口,一直默默坐在角落的刘羽起身说:"我明天还得上班,先走一步了。"这一步,使他从《今天》永远跨了出去。我后来愤然指责他,指责他软弱。其实我有什么权利这样说呢?我从未坐过牢,没有过他在铁窗后险些病死的体验。在政治高压下,谁也没有道德优势。可话又说回来了,在生死之间,爱恨之间,成败之间,荣辱毁誉之间,差的往往就是这一步。人生如此,命运如此。

虽说刘羽没有真正卷入《今天》,但他一直是坚定的支持者。我几次逃亡藏匿,都得到他的帮助。他深知危险的代价,甚至说不定会再次锒铛入狱,他生性软弱,却始终坚守道德底线。

刘羽住进了重症病房,上了呼吸机。那相当于死牢,有去无回。据说,重症病房每天费用八千元,也就是说,他辛苦挣来的那些钱血本无归。而我身不由己,我回国的行程是由"城堡"决定的。我屈指数着日子，我猜想他也在默默盼着。生死之间，这一步有多远？

我们带女儿和她的同学外出，在加州死亡谷过夜。孩子们入睡后，我们开车去附近一家旅馆的露天酒吧坐坐，要了瓶红酒。茫茫荒漠，皓月当空。我突然感到不适，天旋地转，回到旅馆就吐了。第二天开车途中从手机得知，刘羽走了。

花间一壶酒，我与他对饮。死亡并不可怕，我只是打心眼里为他含冤叫屈：该挥霍青春年华时，他进了大狱；该用写作抵抗黑暗时，他闲荡过去；该与朋友干番事业时，他先撤了；该为时代推波助澜时，他忙着挣小钱；该安家过小日子时，他去国外打工；该退休享清福时，他把命都搭进去了。好像他的一生，只是为了证明这世道的荒谬。这是个人与历史的误会，还是性格与命运的博弈？我不知道。死去方知万事休，刘羽，先干了这一杯。

我想起1975年我们同游五台山那一幕。那时我们还年轻。穿过残垣断壁苍松古柏，我们来到山崖上。沐浴着夕阳，心静如水，我们向云雾飘荡的远方眺望。其实啥也看不到，生活的悲欢离合远在地平线以外。而眺望是一种青春的姿态。

话说周氏兄弟

画家周氏兄弟——山作与大荒,奇相也:他们肤色黧黑,目光如炬,头顶微秃,髯发飘逸。再细看去,山作内敛沉静,大荒孤傲狂放。他们身材不高,但矫健,平素身黑衣,有如来自深山老林的武林怪杰。

1988年秋我头一次来美国,在芝加哥结识了周氏兄弟。他们哥儿俩陪着玩了三天,下中国馆子,上空中酒吧。芝加哥于我有如天堂。他们慷慨豪爽,不容分说,全都由他们买单。

待1991年夏重访芝加哥,我一下从天堂跌到地狱。那回是来芝加哥大学参加研讨会,前后住了一个多月。首先是地域歧视:台湾香港学者住饭店住高级公寓,而我和几个大陆学者挤在学生宿舍。我睡客厅沙发,连做噩梦都不敢翻身。出门才是真正的噩梦：街区破败，路灯昏暗，到处是形迹可疑的人，包括我自己。

周氏兄弟救星般出现，再次把美国梦展示给我们。那时他们刚买下一个波兰人俱乐部，改装成画室兼住宅，在那儿举行盛大的晚宴招待我们。灯红酒绿，侍者如云，外加舞台上的美国歌手和乐队，有如风卷残云，把我们这些国际流浪汉弄得目瞪口呆。

会议结束后，我从学生宿舍搬到他们家小住。除了跟山作的儿子墨虎玩电子游戏外，我到附近唐人街溜达。嫂子秀玲聪慧能干，里里外外操持家务。与外貌不同，他们哥儿俩其实生性憨厚，让人感到温暖。

此后在这个世界上又多了个家。我几乎每年都来芝加哥，总是在他们家落脚。平时极少联系，但一见面就好像昨天才分手。我还常常带上各路朋友，多则十来口子，畅饮饱餐留宿，倒是谁跟谁都不见外——本来嘛，四海之内皆兄弟。他们哥儿俩慷慨大方是出了名的，据说每次去纽约，都设宴招待那些中国来的穷画家，大家奔走相告，浩浩荡荡，有如过节一般。

2000年1月27日至2月1日，在瑞士达沃斯市（Davos）的世界经济论坛（World Economic Forum）

上，各国政要财经名流相聚一堂，探讨人类新世纪的前景。开幕式上，周氏兄弟应邀当场作画。在三米高九米宽的画布前，他们挥洒自如，酣畅淋漓。全过程只用了四十五分钟，博得满堂喝彩。包括美国总统克林顿在内的好几位国家元首纷纷请他们共进晚餐。

山作原名少立，大荒原名少宁，壮族人，出生在南宁市武鸣县。外祖母周锦华创办了武鸣县第一所女子学堂，担任校长，并教美术音乐。由于与丈夫的封建观念发生冲突，她毅然带女儿另立门户。女儿周懿馨后来也成了教师。外祖母是全家的主心骨。她从小教他们书法，临摹《芥子园画谱》。

在这个"母系"家族中有个阴影，那就是周懿馨的丈夫蒙渊。他擅长诗文，贪杯，重友情。大荒刚出生不久，他因酒后妄言"外行不该领导内行"进了学习班，不仅不检讨，反而慷慨陈词。学习班结束后，他给大荒买了件小毛衣，匆匆回家，可等待他的是手铐，他被判重刑进了劳改营。母亲让儿女随外祖母改姓周。她每月靠四十元的工资，独自抚养两位老人和五个儿女。蒙渊从这个家庭永远消失了。

与周氏兄弟交往这么多年，从未听他们提起过亲生父亲。在他们哥儿俩中,我跟山作来往较多,他口拙心细,酒量过人。其天性中的浪漫与温情,包括酒量,显然都来自他父亲。

每次来芝加哥做客,他们就像变戏法一样让我吃惊:买房子置地盖私人花园,办基金会,建文化中心,资助青年艺术家;更邪乎的是这两年在密歇根湖(Lake Michigan)边买下一百六十公顷的林地,正拓展成自己的雕塑公园……在无梦的时代,这是一种做梦的能力。要说富人我见过不少,没有想象力就是金钱的奴隶。

昨夜先在他们家的酒吧和朋友聚会。其中有大都会的男低音、百老汇的黑人歌手、在中国做生意的美国商人、本地中文报纸的老板。曲终人散,我和山作到画室接着喝。我们说起"文革"和贾谊的《过秦论》,也说起他父亲。在抗战时期,有一天日本炸毁了学校,他父亲带百十来口子教职员工回家投宿,管吃管喝。"外祖母一提起这事就抱怨,"山作感叹道,"可他就是这样的人。"我想到两代人的命运。蒙渊因酒后失言而万劫不复,若无时代变革的大势,他们哥儿俩再有本事,恐怕也很难逃脱父亲的命运与阴影。

二十世纪六十年代末,山作到三百里外的山村插队落户。除了拼命干活,他开始画主席像,并攒钱外出见世面。七十年代初,部分大学招收工农兵学员,他两次报名,都因出身不好被拒。1973年他返回家乡,外祖母已故去,小楼颓败。久别重逢的兄弟俩一时冲动,共同创作了第一幅油画《波浪》。画面是两人划一叶小舟破浪前进,试图冲破画框的局限。那是两个苦孩子对外部世界的梦想。

山作和大荒先后被借调到广西彩调剧团和省歌舞团搞美工。1978年山作终于考进上海戏剧学院舞美系。留在南宁的大荒,在给哥哥的信中感叹道:"自从你去了上海,我感到很孤单,总觉得失去了什么。我常去我们一起散步的地方,为我的未来与事业忧虑,命运似乎在扼杀我……我们哥儿俩必须一起走在通往新世界的路上,为艺术的终极目标奋斗。"大荒提出要到上海戏剧学院当旁听生,未等到哥哥回信他就上路了。

1979年3月18日,大荒来到上海戏剧学院。而山作只有一张铺位,哥儿俩决定轮流睡。山作白天正规上课,大荒睡觉,晚上山作把教室钥匙给他,大荒画个通宵,早上再回到哥哥的铺上。但很快就露馅了,老师被这种精神深深感动,决定让大荒上课。不久,由于学校的电视机被偷而加强保安措施,非本校学生不得进入宿舍。

大荒先在马路边和游乐场的滑梯平台上过夜，后搬到公共澡堂——那里晚10点关门早6点开门，出租铺位。

1978年到1980年在中国美术史是个重要转折。众多外国美展和与主流冲突的美术事件此起彼伏。和大多数美术院校的学生一样，周氏兄弟为所见所闻激动不已。正如他们第一幅油画《波浪》中所渴望的那样，时代变动中释放的能量正把他们带向画框以外。

在上海学习结束后踏上丝绸之路，敦煌壁画和龙门石雕让他们震惊。画风开始转变，渐渐偏离早期的写实主义。待他们再回到南宁，已经受不了省城那沉闷的气氛。他们在文化局的破仓库建起秘密的画室，昼夜投身其中。

1980年2月，周氏兄弟在自己家乡找到新的源泉。花山壁画蔓延四百余里，横跨四个县，最大的有两百多米高，一百多米宽，一千三百个原始图形。他们乘竹筏沿河漂流，搭竹梯攀登峭壁。在竹筏或河滩上夜宿，捕鱼摘野菜喝烧酒。数天工夫，画满了几十个速写本。这些可追溯到战国时代的壮族人的壁画，沉向他们的意识深处，甚至潜入梦中。根据速写，他们创作了四千多幅壁画。好奇的人们到画室参观，发现全都是些裸体男女。于是有人打小报告，他们被点名批评，大荒甚至上了下一轮解聘的名单。

时来运转。1982年10月,他们持一封老师的介绍信到北京专程拜访了中央工艺美术学院院长张仃。张仃非常喜欢他们的壁画,立即安排在学院画廊展出。他成了改变他们命运的关键人物。1983年2月,他们再次来到北京,开始在中央工艺美术学院进修。1985年2月,他们在中国美术馆举办了"广西花山壁画艺术展览"。开幕式那天,张仃正在石家庄出差,他那天心神不宁,生怕出什么差错,直到晚上听到中央电台的相关报道,心里才踏实下来。

记得他们展览结束那天,正赶上我女儿呱呱落地。那几天我每天骑车经过美术馆去协和医院,都会看到"广西花山壁画艺术展览"的广告牌。由于这两件本来毫不相干的事都与诞生有关,我记住了这兄弟俩怪异的名字。

1986年他们来美国时,兜里只揣着三十美元,外加随身带的五十幅画。英文不灵,一个月后就敢接受美国电视台的采访。大荒告诉我,他俩甚至连问题都没听懂。不久他们接连参加了全美最重要的画展。在1988年芝加哥国际艺术大展中,几十幅作品大都卖掉。其中一幅的售价高达三十万美元。山作实在地说:"那种一觉醒来名扬天下的感觉,只有那些吃尽苦头的人,才深有体会。"

我无意讲一个成功的故事。在今天这个世界上,成功的故事多半很无聊,大同小异,往往是商业包装和自我吹嘘的混合。说到成功,不少当年的朋友一个个眼睁睁地被金钱名声淹没;而周氏兄弟不同,他们穿着那又尖又扁的皮鞋在成功之上冲浪。其实,让我好奇的是这两个中国内陆的苦孩子,是怎么一步步走向世界的。在这一过程中,肯定有不少偶然因素,也许唯一能把握的是他们的内在动力,动力越大才能走得越远。我想这一定和外祖母的言传身教、母亲的吃苦耐劳、父亲多情的天性与阴影有关。往更深里说,恐怕和他们的少数民族血液有关。与"大汉族"文明过度成熟后的衰败相比,少数民族仍保持其真率、骁勇、富于创造性的生命力。所谓内在动力,也许正来自这血缘的召唤,并由此一直可追溯到那古老的壁画中。

周氏兄弟的绘画无疑同时受到抽象表现主义(Abstract Expression)的重要影响。抽象表现主义是"二战"后以纽约为中心的一场艺术运动。当时由于战乱,许多重要的欧洲画家来到美国,抽象表现主义(又称为"纽约画派")应运而生。一般说来,抽象表现主义画家是在立体主义

(Cubism)所带来的解放感中寻找形式的同时,在超现实主义(Surrealism)中汲取即兴表现的灵感与技巧。至二十世纪五十年代末,抽象表现主义运动走向衰落,意味现代主义的终结。六十年代出现的"波普"艺术(Pop Art)是对现代艺术的反动,那是西方美术重大危机的开始。

西方现代艺术往往是到"异国他乡"的"原始文化"中寻找"灵感",而周氏兄弟则是从"异国他乡"出发,把中国写意画的精髓和古老壁画的原始符号带入西方的现代艺术中。换个角度来说,是他们到西方这个"异国他乡"的"原始文化"中寻找"灵感"。这种逆向的过程,或许是我们对"全球化"阐释的另一个维度。从这一点出发,反而比较容易理解他们的作品:那画面中大量的留白和笔触技法,让人想到八大山人;而原始符号的自由运用,让人想到中国书法和古老的象形文字。

也许最神奇的是他们共同画画的方式。我问他们在创作过程中会不会发生冲突。大荒回答说:"冲突是一种张力,会在整体画面上变得和谐一致。"和大荒接触多了,发现其野蛮的能量恰好与山作那总体的气势构成平衡。或者可以这样假设,没有哥哥的话,大荒的能量具有某种毁灭性;没有弟弟的话,山作的气势会缺少必要的躁动。

凌晨4时,我和山作仍在对饮,一瓶法国干邑快见底了。墙上油画中的那些原始图形突然舞动起来,威武雄壮。回房间的路上,我脚下拌蒜,怎么也走不成直线。山作搀扶着我,我们跌跌撞撞穿过黑暗。

艾基在柏洛伊特

近些年,我几乎每年都到柏洛伊特学院(Beloit College)教书,不长不短,七周,从仲夏到深秋,直到满地金红色的落叶飘零。柏洛伊特是个约三万人口的小镇,位于伊利诺伊(Illinois)州与威斯康星(Wisconsin)州交界处,曾以生产造纸设备为主,后因工厂纷纷倒闭而衰败,失业率与犯罪率交叉上升,成了中西部毒品交易的集散地之一。市中心异常萧条,如无人地带;教堂林立,钟声应和时更显得空旷;只有那些大型连锁店毒蘑般在郊区迅猛生长。

在家收拾行李时,偶然翻出柏洛伊特诗歌节的照片,其中有我和艾基(Gernnady Aygi)的合影。诗歌节就是在他朗诵的高潮中闭幕的,诗人上台合影留念。快门抓住那一瞬间:他咧嘴笑着,有一种孩子般的惊喜。

我是1992年初夏在荷兰鹿特丹国际诗歌节见到艾基的。诗歌节有个翻译工作坊,每年选一位诗人,由与会者把其诗作译成各种语言。往年选中的多是荷兰诗人,那年是艾基,可见他在欧洲诗歌界如日中天。宋琳和荷兰汉学家贺麦晓(Michael Hockx)合作,每天上午去翻译工作坊,中午带回译稿。艾基那独特的风格让我们震惊。

1934年8月,艾基生于楚瓦什自治共和国南部的村庄,楚瓦什语是他的母语。他父亲是俄文教师,1942年死于前线,留下孤儿寡母。中学毕业后,艾基在本地师范学院读书,由一位楚瓦什著名诗人举荐,他到莫斯科高尔基文学院学习。二十世纪五十年代后期,他住在莫斯科郊区彼列捷尔金诺作家村,与帕斯捷尔纳克为邻,成了忘年之交。在帕斯捷尔纳克的鼓励下,他改用俄文写作。1958年10月,帕斯捷尔纳克获诺贝尔奖,受到官方围攻。由于和帕斯捷尔纳克的友情,艾基被高尔基文学院扫地出门。

他当时既没身份证也没钱,常在火车站过夜。幸运的是,他在莫斯科结识了一批地下艺术家。他主要靠翻译维生,坚持写作。他的诗作先在东欧然后在西欧出版,直到八十年代末才在俄国得到认可。

同年夏天,即鹿特丹国际诗歌节后不久,我又在哥本哈根见到艾基。那时,我在丹麦奥胡斯(Aarhus)大学教书。应丹麦诗人兼评论家鲍尔·博鲁姆(Poul Borum)的邀请,艾基和我到他创办的作家学校讲课。博鲁姆像尊弥勒佛,笑眯眯地坐在我和艾基之间。他慈眉善目,却有一种威严。艾基谈到他在高尔基文学院学习的经验。他说,直到1959年被开除为止,他所学到的全部只是知道什么不该写。而这对于一个作家来说也许是个重要开端。

晚餐后,我跟艾基及夫人戈林娜(Galina),还有我的丹麦文译者安娜(Anna)到一个酒吧继续喝酒。我们之间语言重合的部分很少。好在有酒,跨越了所有的语言障碍。艾基酒量很大。他谈童年,谈故乡,谈莫斯科的地下文学。最后安娜先走一步,留下我和艾基夫妇,聊得更欢了,估计连中文他们都全听懂了。

1994年春,我在美国收到一封来历不明的信。查字典才知道来自楚瓦什共和国。原来一直被认为是"世界主义颓废派"的艾基,突然被封为国家诗人,各国诗人被请去参加他六十岁寿辰的庆祝活动。我最终未能成行。后来听说艾基在寿宴上喝多了,住进了医院,大病一场。

三年前，当我和我的同事约翰·罗森沃尔德教授（John Rosenwald）策划诗歌节时，我头一个就想到他。他在美国知名度不高，我好歹说服了约翰。除了我认为美国人民有必要结识这位抒情大师外，还有一个奇怪的念头作祟，就像格什温（George Gershwin）的名曲《一个美国人在巴黎》（*An American in Pairs*）的曲目所提示的，我希望，艾基与柏洛伊特，一个楚瓦什人与一个美国中西部小镇，会像两个毫不相关的词激活一个意象。

我开车到芝加哥机场去接艾基夫妇和英译者彼得·弗朗斯（Peter France）。彼得先到，他是从伦敦飞来的。我们在机场酒吧边喝啤酒边聊天，等待来自莫斯科的艾基夫妇。彼得精明强干，是爱丁堡大学的退休教授。我问他怎么开始翻译艾基的诗。他说是因为他先翻译帕斯捷尔纳克，为了解其生平去采访艾基，因而喜欢上了他的诗。你怎么开始学俄文的？我刨根问底。他笑了笑，说："你知道，由于冷战，英国培养了很多窃听专家。我由于喜欢俄国诗歌，后来转了向。"真没想到，西方的间谍机构和东方的地下文学竟这样挂上了钩。

艾基夫妇终于出现在门口。他见老了，花白的头发像将熄的火焰不屈不挠；他发福了，在人群中显得矮墩墩的。相比之下，戈林娜比他高出半头。我们紧紧拥抱。艾基的拥抱是俄国式的，热情有力，他的胡子硬扎扎戳在我的腮帮上。

开车回柏洛伊特的路上，"你看，那片树林！你看，那块坡地！你看……"他们一路惊呼。"这多么像俄国。"最后艾基感叹说。这真让我纳闷，好像他们匆匆赶到美国，就是为了医治怀乡病。看来这个世界上显然是差异先于认同，而认同往往是对差异的矫饰而已。

我终于把他们带进完全不像俄国的旅馆套间。这儿有种后现代的夸张：收费闭路电视，互联网接口加电脑键盘，烧煤气的假壁炉，外加卧室床边那巨大的旋水浴盆。戈林娜在这个人工旋涡前完全呆了，既兴奋又束手无策。"我从来没有见过这样的浴盆！"她说。艾基背手呵呵笑，一副见怪不怪的样子，似乎在说，没什么，这是所谓文明的一种病态的幻觉。从窗口望去，废弃厂房的墙上是当年工人干活的巨幅照片，那倒与现实有关，提醒着本镇兴衰的关键所在。

由于经费有限，柏洛伊特诗歌节规模很小，除了艾基外，还有日本的吉增刚造（Gozo Yoshimasu）、墨西哥女诗人卡罗·布拉乔（Coral Bracho）、美国的迈克尔·帕尔默（Michael Palmer）和土耳其女诗人白江·马突尔（Bejan Matur），外加我。规模小的好处是，诗人之间有很多私下接触的机会。

第二天我请艾基和彼得到我教的班上去，我正好在教艾基的诗。和我同住一个小镇的美国朋友丹（Dan）携夫人专程为诗歌节赶来，他特别喜欢艾基的诗，也跟着旁听。艾基朗诵了几首诗，然后回答学生们的问题，由彼得翻译。他谈到苏联地下诗歌时，丹插嘴问："那处境是不是很危险？"艾基突然生气了，脸憋得通红，喃喃说："多讨厌。"我估摸俄文脏字在翻译时过滤掉了。他终于镇定下来，舒了口气说："危险？那是可描述的吗？"显然是被美国人对苦难的好奇心触怒了。

一个女学生问他为什么把很多诗都献给某某，那是些什么人。艾基回答说，主要是朋友，大多是普通人。既然普希金把诗献给王公贵族，他怎么就不能献给普通人呢？他开始谈到俄罗斯诗歌传统，谈到马雅可夫斯基、曼德尔施塔姆和帕斯捷尔纳克，谈到官方话语和韵律系统的关系，以及如何打破这无形的禁锢。

柏洛伊特国际诗歌节进行顺利。上午我们陪艾基夫妇和其他诗人去参观学院的人类学博物馆。戈林娜告诉我，他们刚报销了机票,加上可观的酬金,简直快成了富翁。临来前,他们连垫付两张机票的钱都没有,还是跟朋友借的。戈林娜告诉我,他们生活很简单,她教德文,艾基有一点儿版税;再说,农贸市场的菜很便宜。由于他们还要去旧金山和纽约参加其他活动,我警告他们一定要把钱带好,否则倾家荡产。

在关于今日世界诗歌的意义的讨论会后,艾基专门为听众介绍了楚瓦什民歌。他先用唱盘播放民间音乐,然后自己吟咏,抑扬顿挫,如泣如诉。让我想起内蒙古草原上牧民的歌声。我相信,这种回溯到人类源头的古老形式,将会世代延续下去,直到地老天荒。

下午和诗人们一起去附近的树林散步。艾基夫妇就像两个孩子,在几乎所有花草前驻步不前,随手摘颗果子放到嘴里,要不就采个蘑菇尝尝,彼此嘀嘀咕咕。俄国诗人和土地及一草一木的关系,让我感到羞惭:中国诗歌早就远离大地母亲,因无根而贫乏,无源而虚妄。

我们来到一片林间空地,四周有台阶式的斜坡,有点儿像小型的古罗马露天剧场。我和戈林娜一起唱起俄国民歌和革命歌曲,戈林娜极为惊讶。我告诉她我们是唱这些歌长大的,这也是为什么对俄罗斯有一种特殊的感情。我们边走边唱，甚至踏着节奏跳起舞来。艾基眼中闪着光，跟着瞎哼哼。戈林娜感叹道："真没想到在美国居然会唱这么多老歌。""这就是怀旧。"我说。她一下沉下脸来："我一点儿都不怀念那个时代。"

晚上校方请客，我们夫妇和艾基夫妇坐在一起。艾基酒喝得很少，据说六十岁大寿差点儿喝死，医生禁止他喝酒。我问起艾基的女儿，他说她正在莫斯科大学读书。问他有几个孩子，戈林娜气哼哼地插话说："婚生的就有六个，其他的根本数都数不清。"艾基呵呵地笑，不置可否，接着又自言自语："这几天在美国，语言不通，整天被美女围……好像在梦中……"

艾基似乎有意切断与外部世界的联系。按说他曾靠法文翻译维生，怎么可能在国外完全无法与人交流？或许在后现代喧嚣的背景中，他宁可采取拒绝的姿态，通过俄文和楚瓦什文退回到田野与白桦树林深处，保留一块净土。

我跟艾基谈到俄国诗歌。他告诉我俄国有两个诗歌传统，一个是以布洛克、帕斯捷尔纳克为代表的传统，以莫斯科为大本营；另一个是以彼得堡为基地受欧洲影响的传统，自曼德尔施塔姆始，后来布罗斯基等人都受到他的影响。

诗歌节闭幕式由艾基压轴。他走上台，朗诵的头一首是《雪》。他声音沙哑，真挚热情，其节奏是独一无二的，精确传达了他那立体式的语言结构，仿佛把无形的词——置放在空中。《雪》是一首充满孩子气的诗。他朗诵起来也像个孩子，昂首挺胸，特别在某个转折处，他把嘴撮成圆形，噢噢长啸，如歌唱一般……

去年秋天听说艾基病了，后收到新方向出版社转来德国笔会的信，告知艾基的病情，鉴于保险费有限，呼吁各国作家为他捐款。我马上汇了笔钱，并给戈林娜写信，希望夏天能专程去莫斯科看望他们。

2006年2月21日早上，我收到彼得·弗朗斯的电子邮件："亲爱的朋友们：我写此信与大家分担一个噩耗：艾基今天在莫斯科去世。他去年秋天查出患癌症，且已转移到肝部。据说他死得很平静。上个月我去陪了他几天，他虽虚弱，却活跃达观——1月中旬还在莫斯科举办了最后一次朗诵会。他的遗体本周将运回楚瓦什安葬……"

第二天，我收到土耳其女诗人白江的回信："昨夜收到你的电子邮件，深感震惊，夜不能寐，读他的诗如同哀歌……我永远记得那天我们在柏洛伊特，在回市中心的路上，艾基让车停下，走进一片玉米地。我忘不了他张望田野的样子。我们当时都坐在车里。他微笑回来，手里握着几片玉米叶。现在他走进云的田野，永不回来……"

远 行

——献给蔡其矫

元月二日晚,家中来客,一起包饺子过年。电话铃响,是《香港文学》主编陶然,他说:"蔡老今天凌晨去世了。"我顿时呆住,妻子询问,复述时不禁泪如泉涌。又接到蔡三强的电话,说起他父亲一向打鼾,半夜鼾声一停人就走了。他还说找到很多照片,与《今天》及"星星画展"有关。不想扫客人的兴,我步入院中。女儿随即送来大衣,关切地盯着我,我摆摆手让她进屋,兀自坐在暗中。

去年7月,在香港与陶然等人相聚,席间说起蔡老的传记《少女万岁》。我要来电话号码,当晚打过去。蔡老听到是我,甚喜,得知我仍不能回国,破口大骂。我约他到香港相见,他长叹道:"恐怕不行了,我八十八岁,老喽。"东拉西扯,从朋友到海洋。谁承想,那竟是我们最后一次通话。

满天星斗连成一片,璀璨迷离。看来总得有最后一次,否则人生更轻更贱。我们都走在这路上,谁都没有免于死亡的特权。也许重要的是,你与谁相识相伴相行,与谁分享生命苦乐,与谁共有某些重要的时刻,包括最后一次。

一

1975年冬,我在艾青家认识蔡其矫,那年我二十六岁,他五十七岁,正好是我现在的年龄。艾青到北京治眼疾,住白塔寺附近的王府仓四号,一家四口挤在一间小屋。家中陈设简陋,一目了然。由于地面不平,每次开饭,艾青都要亲自过问折叠桌是否放稳——颠沛流离,吃顿踏实饭至关重要。家徒四壁,但有满满一箱子齐白石的画,那是艾青刚进城当中央美院军代表时买下来的。

那时候说串门名副其实:走动之间,把国事家事天下事都给"串"到一起了。没电话,除非事先约好,只能撞大运——应声而至,沏茶倒水备酒留饭,取决于友情深浅。

那天上午,有人敲门后高声通报:"艾青同志在家吗？我是蔡其矫。"只见他一头鬈发，满面春风；说话底气足，南腔北调。一见面，他就夸我诗写得好，让我口讷而窃喜，手足无措。

第二天蔡其矫就来我家串门。唯一的皮沙发像烂橘子般陷落，只好把客人请上床。我们背靠墙并肩而坐，腿跷到床沿外。他引导话题，从诗到政治到性。他单刀直入，问我是否有过性经验，弄得我大红脸。接着他坦言对爱情及性的看法，我只好跟进，讲述了失败的爱情故事。他告诉我，他译过聂鲁达（Pablo Neruda）的《伐木者，醒来》和《马楚·比楚高峰》，答应下次带给我。

我和蔡其矫成了忘年之交。相比之下，和艾青认识要早些，但关系很淡。他有点儿公子落难的意味，自视高，身份感强，让人敬而远之。这恐怕是他翻身当家做主人后我们决裂的原因之一。蔡其矫命途多舛，却毫不世故，嬉笑怒骂，如赤子般坦荡。

凭借华侨的特殊渠道，他搞到不少港台版文学书籍，再加上他手抄功夫了得，密密麻麻，如纳鞋底一般。说来也巧，自1964年因所谓"破坏军婚"罪锒铛入狱，直到1978年底他的三首诗发表在《今天》创刊号上，其间十五年，蔡其矫跟我们一样处于地下，摸黑走路，靠手抄本借光。如今说到地下文学，看来界定要宽泛得多，且源远流长，最早可追溯到1962年他写下的《波浪》一诗。

在阳光普照的大墙后，有一窄门通向北京离经叛道的地下世界，那儿有各式各样的沙龙，热闹得很。创作是私下的事，大家凑到一起则变着法儿玩——聚会郊游酗酒吟唱谈情说爱。我把蔡其矫领了进去，这地下世界，连带出没其中的漂亮女孩儿，让他激动不已。他的老式徕卡相机，镜头跟主人的眼睛一起永远忠实于她们。大家当面恭敬，一口一个"蔡老"，背后叫他"蔡求蜜"。

单位与老家在福建，夫人住北京，随"文革"风暴远去，行动自由的限制少了，他来北京的机会多了。后来每年像候鸟，春去秋来。而那窄门后面的北京，让他时不时改变行程。

我们常去的地方有圆明园、香山、樱桃沟、沟崖、八大处、十三陵水库、丁家滩和云水洞。便携录音机的出现把郊游推向高潮——野外舞会应运而生。最早上市的板儿砖式录音机细如蚊声，动辄卷带，但丝毫不影响众人兴致。音乐响起，只见蔡其矫独领风骚，他腰板笔直，昂首含颔，带女孩儿旋转。霎时间，节奏骤变，从舞曲转成摇滚乐，慌乱中他踩不上点儿，于是激流勇退，继续搞好摄影师的本职工作。这一切都写进他诗中，诸如《雨后樱桃沟》《湖上黄昏》《十渡》和《女中音歌手》，后者副标题还特地注明"为今天玩伴而作"。

久别重逢，我提起当年那些女孩儿，他全都忘光了，令我惊讶。其实他记住的名字是青春，总有青春的代表进入他的生活。

他与舒婷1975年结识。《橡树》这首诗就是他转抄给艾青，艾青大为赞赏，又推荐给我。在蔡其矫引荐下，我和舒婷自1977年8月开始通信，她的《这也是一切》随意抄在信中，是对我的《一切》的答和。

1976年是中国当代史的转折点。"四五"事件发生时蔡其矫在福建泉州，9月18日回到北京，马上去天安门广场凭吊，写下长诗《丙辰清明》：

啊，祖国！
我忧心如焚
到处在寻找你的踪影：
那些鸽子哪儿去了？

那年夏天,我妹妹在湖北游泳救人时死去,我痛不欲生。10月上旬,蔡其矫约我去香山散心。霜染红叶,如大地的血迹。我们沿后山小路攀登,在茶室小憩,凭栏望去,无限江山无限愁。

骑车回家的路上,街有异动——中国人的嗅觉比狗还灵。拐进某大院(据他回忆是海军大院),得到的消息难以置信。我们张着大嘴在夜色中前进,经王府井,终于得到证实。街上有人在吆喝:"卖螃蟹喽,三公一母!"他甩出一张"大团结",不等找钱,拎起螃蟹飞身上车说:"到我家喝酒吃螃蟹去。"

那夜,我们喝黄酒吃螃蟹论天下事。我只记得他满脸通红,眼神有点儿疯狂,恐怕也折射了我的疯狂。对,我们就是荒原狼,在长夜将尽时朝天嗥叫。

我自选了二十多首诗,抄在十六开蓝色笔记本上,赠给蔡其矫。在扉页我写下题诗:

> 在长风不安的歌声中,
> 请免去这最后的祝福。
> 白色的道路上,
> 只有翅膀和天空。

二

蔡其矫在中国当代文人中绝对是个异数。

1918年12月12日生于福建晋江园阪村。六岁读私塾，八岁随家人侨居印度尼西亚泗水。1929年回国，在泉州教会学校初中毕业，在上海读高中参加抗日爱国运动。1938年早春，他离开印度尼西亚辗转抵延安，先进鲁艺学习，后到晋察冀边区，在华北联大任教。1941年他开始发表诗作。1945年当随军记者。自1948年起从事情报研究工作。二十世纪五十年代初他放弃仕途，调到中央文学讲习所……

我常在琢磨个人与时代的关系。一个华侨富商之子投身革命，往往是想通过救亡，通过对社会不公正的集体反抗以实现个人理想——个人与革命之间不免有互相需求与误解的成分。应该看到，在中国现代化转型的苦难历程中，这场基本上是农民造反运动的革命，有着必然的合理性的同时，也伴随着与生俱来的悲剧性。它混合着各种动机诉求与欲望，如同没有河床的洪流，冲决一切羁绊的同时带有自毁倾向。

与参加革命的农民不同，蔡其矫渴望的是某种精神回报，在这一点上，至少在革命胜利以前，他如愿以偿。他在 2000 年口述时如是说："延安在 1938 年到 1942 年之间，是非常自由的……那时，上课是自由的，唱歌是自由的，贴墙报是自由的，搞创作也是自由的……"

夺取政权后，和大多数文人一样，蔡其矫经历的痛苦可想而知。他也曾试图随大流跟形势——歌功颂德，写检查，与各种"反党集团"及思潮划清界限。但最终发现，革命与他所向往的个人自由明星出现分歧。当人们彻底放弃自我时，他做了反向的选择，毅然决然站起来歌唱：

> 我英勇的、自由的心啊
> 谁敢在你上面建立他的统治？……

> 波浪啊！对水藻是细语，
> 对巨风是抗争，
> 生活正应像你这样充满音响，
> 波浪啊！

这就是他写于 1962 年的《波浪》。

那是思想改造的一代。即使有少数挑战者，也往往受限于二元对立的格局，成为统治者的镜像——正反不同，可长得一模一样。由于被镜子夺去了灵魂，即使幸存下来，往往变得枯燥而无趣。

从年初起，我在美国印第安纳（Indiana）州一个叫南湾（South Bend）的小镇教书。这里大雪茫茫，铲雪车到处奔忙，在路面刮出刺耳的声音。蔡其矫仿佛和我肩并肩，在雪中趔趄而行。他离开这世界一个多月了。这是个洁净的日子，充满明亮忧伤的日子，纪念逝者的日子。

王柄根《少女万岁》一书中的某些章节让我哑然失笑。"文革"期间，蔡其矫不仅不认罪，还公然贴大字报和造反派辩论。比如，说他是黄色诗人，他就举出唐宋诗词中的例子反驳。退一步，在某种意义上他也接受，因为他皮肤是黄色的。但接着他又说，皮肤并不能决定诗人的品质，比如，普希金的祖父是黑人，不能说他是黑色诗人……嘿，他还挺矫情。

与此相应的是宁折不弯的刚烈。在一次批斗会上，福建作协别的头头都被迫跪下，只有蔡其矫，怎么推搡他硬是不跪。造反派小头目一扳子砸过来，闪过去，又是一扳子，头破血流，他连血也不擦。最后造反派害怕了，把他送进医院。

也许最让人叹服的还是他惊世骇俗的爱情观："为了一次快乐的亲吻，/不惜粉碎我自己。"纵然一生风流，蔡其矫有自己的原则。他在笔记本上写道："爱情的存在不是为了使我们幸福，而是为了向我们表明在忍受上我们能有多么坚强。世界上没有比无言的爱更高贵、更令人幸福的了。以无欲念的爱克服愁苦，也许这是迷途的爱、沉睡的爱。肉体有限度的满足，是人的最低权利。爱情是人类精神的一种最深沉的冲动……"

依我看，在一个"阶级仇民族恨"的时代，正是爱与艺术让他超越了反抗的局限。也只有爱与艺术，才会破解权力的因果链条，挣脱官方话语的无形桎梏；才会让人心变得柔软，复原万物的质感，使灵魂自由青春永驻。

1964年4月13日，他因破坏军婚罪被开除党籍，锒铛入狱，关了近两年。多年后，蔡其矫和艾青在天安门广场散步。艾青问，你为女人坐过牢，后不后悔？蔡其矫说，无悔，这里有代价，但也得教益。这个教益就是当面对一个爱你的女人时，你要勇敢。艾青说，蔡其矫，你是真正的男人……

三

1978年深秋,我着手编辑《今天》创刊号,在桌上摊开蔡其矫和舒婷的诗稿,逐一推敲。我发现在老一代诗人中,蔡其矫竟与我们精神上如此之近。于是我选了他的三首诗《风景画》、《给——》和《思念》,排在首位,接下来是舒婷的《致橡树》和《啊,母亲》。其中那首《橡树》,我根据上下文把题目改为《致橡树》。为安全起见,我给蔡其矫取了个笔名"乔加"。

我事先写信去福建试探,他竟满口答应,还另抄了几首新作。要知道那年月这可是胆大包天的决定,弄不好是要坐牢的。那年他整满六十,本应安度晚年,却跟我们这帮浑不吝的小子借《今天》浮出地表。

舒婷加入《今天》文学团体,始作俑者蔡其矫。在他催促下,1979年秋舒婷第一次来到北京,与《今天》同人聚首。某日,天高气爽,蔡其矫、艾未未和我陪舒婷游长城。那天蔡老兴致格外好,端照相机冲锋陷阵;舒婷胆大艺高,爬到城垛上徘徊远眺;我晕高,看不得这壮举,把头转开;艾未未还是个大男孩儿,一开口脸就红……

10月21日上午,《今天》在玉渊潭公园举办第二届露天朗诵会，蔡其矫和舒婷也来了。以灰蓝色调为主的听众，点缀着花花绿绿的外国人和白制服警察。风雨欲来，朗诵会开得凝重悲壮。朗诵者向这两位最早加盟《今天》的南方人致敬。与整个基调形成反差，他们的诗句让人想到黎明时分的热带雨林。

《今天》问世后我们越玩越疯，郊游规模越来越大。蔡其矫是积极倡导者，乐此不疲。1979年深秋，即"星星画展事件"后不久，一行百十余人，浩浩荡荡，前往云水洞和十渡。在云水洞前空地上的舞会，如庆祝胜利的狂欢节。这下可忙坏了蔡其矫——跳舞摄影，二者不可兼得。只见他上蹿下跳，进退两难，连那些照片都拍得气喘吁吁的。爬山路上，他突然惊呼："哎呀，这下糟糕了！"等大家围过来他才说："我的面包都破了！"原来是他带的包被压碎了。一个南方人的"破"字当头，把北方人全逗乐了。

如果说革命是狂欢节的话，当过情报科科长的蔡其矫深知其中危险。他多次警告我少和外国人来往，千万不要涉及政治，为此他甚至跟我发脾气。可既然是狂欢节，谁又能控制得了呢？跟他怎么解释都没用。

他与《今天》渐行渐远，但友情依旧。只要有美食美景美女，他从不拒绝。

四

1980年10月下旬,我和前妻从山东度蜜月回来。第二天一早,有人拍门大叫:"我是蔡其矫。还活着,快,快点儿生火。"原来他拎着一串螃蟹。在朋友中,他是头一个来贺喜的。

按他的话来说,天下好吃莫过于螃蟹。看他吃螃蟹是一种享受:不用任何工具,咬啃咂嘬,全靠嘴上功夫,关键还得牙口好。一般来说,美食家全都热爱生活,没听说哪个美食家得抑郁症自杀的。我吃螃蟹毫无耐心,很快就在残渣余孽前投降了。他从牙缝挤出的评论准确有力:"笨,懒,浪费,可惜。"

那时候都在家待客,最多去搞点儿散装啤酒凉菜什么的。一个物质匮乏时代的好处是,朋友聚在一起,粗茶淡饭,能多说说知心话。有时也争得脸红脖子粗,但不往心里去。

有一天,蔡其矫云游四海归来,我应声而至。那时他住东单大雅宝胡同,人民美术出版社宿舍,两间小屋昏黑,堆满书和他收集的贝壳。他留我吃午饭,得意地展示一路上的新作。我对那些"旅游诗"不以为然,半开玩笑说:"你怎么跟出笼的母鸡一样,到哪儿都下个蛋?"他脸一沉嘴倒弓,下了逐客令:"饭吃好了,你该回家了。"我为自己口无遮拦后悔,晚矣,只好悻悻离去。几天后他老人家骑车来找我,照样乐呵呵的,好像什么都没发生。

1981年秋,在兰州教书的"九叶派"诗人唐祈筹备"兰州诗会",请了舒婷、江河、杨炼和我。未在受邀之列的蔡其矫,闻舒婷途中被窃,赶去救援;舒婷败兴回家,他却意犹未尽,直奔兰州。我们在招待所撞见,不禁欢呼起来。由于风声紧,"兰州诗会"被迫取消。于是我们封蔡其矫为"头头",结伴而行。他将军般威风,摊开地图,为进军大西北制定路线。

我们一路穷开心。他最喜欢给美女照相,投其所好,我们佺就像选妃子一般,四处寻觅,把稍有姿色的女孩儿一网打尽。我们声称,这位是作家协会的老革命,为写作收集素材,关键是江山得有美人配。那年月彩色照片稀罕,再听说是作家兼老革命,几乎没碰过钉子。只见女孩子搔首弄姿,风情万种。拍照后留下地址,他事后评论道:"这个蛮不错,有味道。"我们开始犯坏,专挑那些相貌平平甚至丑的,蔡其矫照旧乐得屁颠屁颠的,殷勤备至,但多少有些保留:"还可以,马马虎虎。"他准心里纳闷:江山依旧,可怎地,一夜间,"六宫粉黛无颜色"。

夜宿青海湖边。蔡其矫早起去照相,回来大骂"懒虫",把我们从床上赶下来。探头窗外,青海湖碧蓝如海,令人怦然心动。我们嗷嗷叫喊向湖边冲去,蔡其矫不甘落后,跟我们一起冲啊喊啊………

辞青海湖,过西宁,再返张掖,宿酒泉,登嘉峪关,抵敦煌。我们持私人介绍信找到敦煌研究所所长,受到特别礼遇,安排在招待所下榻,吃住便宜。在导游引领下,一连四天,参观了几乎所有重要的洞窟,有些从不对外开放。借助户外微光或手电筒,那奇异的造型与色彩,把我们全都震住了,屏息凝神,神魂颠倒。最让蔡其矫着魔的是飞天与乐伎。他认为,美的最高境界就是宗教,而宗教的最高境界是美。

最后一站柳园。三名小卒入川返京,而光杆儿司令继续西行,向新疆挺进。那是蔡其矫云游四海的开端。我们在小旅社告别,为他发现更多的维族美女干杯。收拾行李时才发现,不约而同,每人都带了一本惠特曼(Walt Whitman)的《草叶集》(*Leaves of Grass*)。这影响显然来自于蔡其矫。

五

蔡其矫第一次读《草叶集》是1940年,在晋察冀边区。他当时是华北联大文学院教员,院长是在法国留过学的沙可夫。在一个星空灿烂的夏夜,他和沙可夫从法国作家纪德(André Gide)说起,探讨文学艺术的自由观。沙可夫提到惠特曼,并把从苏联带回的英文版《草叶集》借给蔡其矫。

是夜,在煤油灯下,他几乎通读了《草叶集》,为惠特曼的风格所慑服。那来自美洲大陆动荡不安的声音,好像开关,一下打开他天性中未知的暗道——那与革命缘起息息相关,但又与铁血纪律格格不入的流浪精神。他大声用英文朗诵《啊,船长,我的船长!》(*O Captain! My Captain!*),激动不已。在华北平原,在残酷的战争岁月,美国的惠特曼与中国的蔡其矫相遇,带有某种宿命色彩。

很多年后,他回首往事说:"任何企图进入艺术王国的人,都应该有大师引路,让自己的大师领着走进那个精神王国。没有大师的引路是不行的。第一位引我走进诗歌王国的大师就是惠特曼,第二位是聂鲁达……"

惠特曼于蔡其矫,绝不仅仅意味着文学表达方式,也是生活方式、对世界的感知方式。对惠特曼来说,性是人体的能源,是世界物质生命——男女、动物、植物——的关键。他认为肉体与精神同样重要,相辅相成。从这一点出发,就比较容易理解蔡其矫的感情世界和爱情观。

在我看来,蔡其矫的诗歌成就终究有限,说来原因很多,包括与中国现代诗歌史的短暂与断裂有关。然而,这丝毫不影响他的重要性,因为他展现了更为宝贵的生命价值。在这一点上,蔡其矫比安贫乐道的惠特曼走得远得多,他用自己一生穿越近百年中国的苦难,九死而不悔。他对任何形式的权力结构保持警惕,毫不妥协,从而跨越一个个历史陷阱:在金钱万能的印度尼西亚,他离家出走;在革命走向胜利时,他弃官从文;在歌舞升平的时代,他书写民众疾苦;在禁欲主义的重围下,他以身试法;在万马齐喑的岁月,他高歌自由;在物质主义的昏梦中,他走遍大地……

他的反抗是个人的,他相信任何形式的集体反抗最终必与权力结盟,任何以自由为名的造反都将走向奴役之路。1986年5月在福州召开的"蔡其矫作品讨论会"上,他在发言中总结了自己的一生:"我并不重要,我自认为是一块跳板,一层台阶,踏着它是为跃向对岸或走向高处……所有的诗人艺术家,无不历尽坎坷,屡经寂寞,不被窒息而死就是最大的幸运了!生命即使是伟大而勇敢,也难以达到成功!没有谁保护我们,只有靠自己支持到最后一息……"

自1981年秋,即我们西北之行以来,他云游四海,足迹几乎遍及中国。这一壮举对我来说至今还是个谜。他是为了继承徐霞客的传统,还是为了用脚在大地上书写,追赶青春穿透生命的迷雾?他曾在《自画像》一诗中自问:"从黄昏到垂暮,他还能在眷恋中远行吗?"眷恋与远行,方向相反,却彼此激荡有如持久的钟声。

他是一面光芒涌动的镜子,与黑暗对立,却并非为了折射黑暗。它似乎提醒我们一个阴郁时刻的到来:趋炎附势、追名逐利、男盗女娼、画地为牢——这一切正成为我们文化的主流。

六

2001年冬,因父亲病重我获特别"恩准",回到阔别十三年的北京。除了尽孝,头等大事就是去看望那些忘年之交——岁数不饶人。我从保嘉那儿得知蔡老在京,大喜过望。

保嘉开车带我先去接牛汉。事先瞒着,牛汉下楼迎候时看见我,惊得竟蹦了起来。他快八十的人,仍像棵擎天老树那么壮实。再去东堂子胡同接蔡老。他老人家性急,不断打电话催问,早早到楼下等候。与他紧紧握手那瞬间,我的眼角湿了。他引我们回家,他夫人徐竞辞很热情,沏茶倒水。蔡老明显见老了,但还硬朗。想当年大家就管他叫蔡老,叫了三十年,终于给叫老了。他告诉我,几年前被摩托车撞翻,脊椎骨短了一截,行动大不如从前,但他还是骑车到处跑。

牛汉和蔡老执意先去看望我父亲,于是到我家小坐,再去附近"山水间"餐厅吃晚饭。那天给蔡老点了狗肉煲,他大赞,称天下第一美味。俩老头儿在一起总是斗嘴,嗓门大,还打打闹闹。说来他们还是通过我相识的,那是"四人帮"倒台后不久,我带蔡老拜访牛汉。

蔡老要去参加作代会,我请他约上舒婷和王安忆一起小聚。那晚,保嘉开车去奥林匹克饭店接上他们,来到后海河沿的"孔乙己"饭店。没事先订位,五个人围住一张小桌,好像烤火取暖。我给蔡老点了只大闸蟹,他大赞,称天下第一美味。

临走前，我借朋友的美意，在其属下一家名叫"湘君府"的湖南餐厅，宴请牛汉、谢冕、邵燕祥、吴思敬和蔡其矫，由几位同辈人作陪。所谓"总统套间"金碧辉煌，那华丽的装饰和闪光灯让人分神。蔡老坐我对面，话不多，专注于那精美的头盘——凉拌龙虾。我劝他多吃，最后连龙虾头也由他包了。在座的文学所的刘福春跟我抱怨说，他每次陪蔡老骑车，蔡老总是逆行，直冲着警察骑过去，他只好推着自行车跟在后面跑。

酒后有点儿恍惚了：生活继续，友情依旧，只是由于我的缺席，过去与现在之间出现某种断裂，如拼图中缺失了部分。

次年冬，又在北京见到蔡老。一切似乎又回到过去的轨道中。那晚，我请他和牛汉在一家大众饭馆吃涮羊肉，俩老头儿又斗上嘴了，好像双方为此等了一年。仔细听去，他们提及的名字大都不在人世了。

蔡老告诉我，他用积蓄在老家建了座花园，为了留给年轻人——让他们谈情说爱，诵读诗文。"我年纪大了，得考虑身后的事了，人都有这么一天。"这话还是让我一愣：年龄于他，似乎只是追逐青春的距离参数，与死亡无关。

他还告诉我,他如今志在海洋,研究写作均与此有关。他认为,中国的强大和航海有关。从根儿上说,他是个海洋性格的人。生于海边,长在印度尼西亚,随舰队远航,而他那自由不羁的灵魂,更是属于大海的。看来他在大地上走累了,开始寻找归宿——想象与灵魂的归宿。

此刻,我坐在大学宿舍的书桌前,窗外风雪肆虐。我极力回想我们之间的最后一面,却怎么也想不起来了,沉入我关于故乡的混乱驳杂的印象中;而早年交往的细节,像雨后蟾蜍一个个蹦出来,似乎为了展示时光倒错的意义。是的,我们自以为与时俱进,其实在不断后退,一直退到我们出发的地方。

辑二

智利笔记

一

随机长预告，飞机开始降落。大地倾斜，安第斯山脉（Cordillera de los Andes）缓缓流动，仿佛再现亿万年前地壳的变迁。安第斯山纵贯南美洲，全长九千公里，是世界上最长的山脉。

圣地亚哥（Santiago）机场。与其他国家旅客不同，持美国护照的一律要缴一百美元的"买路钱"，我琢磨这是在为美国政府赎罪。

10月下旬是智利的春天，路边鲜花怒放。高楼大厦隐隐闪现在地平线上。在旅馆办登记手续时，有个戴红围脖的人一边跟我打招呼，一边用微型摄像机对准我。他自我介绍他叫哈罗德（Harold），哥伦比亚诗人，二十世纪九十年代在北京当过外国专家。他的过度热情外加摄像机的围追堵截，让我无处躲藏，只好倒退着上楼梯。他大声说，在他办的文学网站上有我的诗，让我上网查查。

参加今年智利诗歌节的诗人来自二十多个国家，主要是西班牙语世界，美国、日本、中国各一，装点门面而已。第二天早上我们乘大轿车去聂鲁达故居。斯洛文尼亚诗人托马兹（Tomaz）和我同座，邻座是智利诗人塞尔吉奥（Sergio），我们以前在不同的时间地点见过。国际诗歌界是个大家庭小圈子，走亲串户，低头不见抬头见。

海的气息，让我想起小时候第一次看到海的激动。诗歌节主任何塞（Jose）突然站起来宣布："告诉大家个好消息，我们马上要路过帕拉的家，他在等着我们。"什么什么？我连忙问旁边的托马兹，是哪个帕拉。他说："当然是他，尼卡诺尔·帕拉（Nicanor Parra）只有一个。"可我明明记得，至少有三本国内出版的外国诗选，都提到帕拉于1973年政变后被关进集中营，并死在那里。编者还在帕拉的生卒年月一律标明"（1914年—？）"。这问号深深印在我脑袋里。帕拉被公认为后现代主义的代表人物，他于1954年出版诗集《诗与反诗》（*Poemas y antipoemas*），轰动了拉美文坛，是继米斯特拉尔（Gabriela Mistral）和聂鲁达后最重要的智利诗人。

大轿车在一栋石头房子前停下。帕拉身穿黄色旧棉衣，在门口跟大家一一握手。他个儿不高，帆布帽下的眼睛锐利如鹰；即使微笑，都有一种帝王的威严。掐指一算他今年九十一岁了，却如此健硕，真是生命的奇迹。轮到和我握手，他突然用中文说"北京饭店"。我知道他多年前去过中国，那年头老外别无选择，只能住北京饭店。

穿过客厅来到后花园。他的房子坐落在山坡上，临海，巨浪拍岸，溅起白色水雾。我和他合影时，他又蹦出几个中文词"茅台""干杯""周恩来"。这几个中文词，大概能拼出他在北京的生活场景：那准是二十世纪七十年代初，所有活动都是官方安排的，范围仅限于北京饭店和人民大会堂宴会厅之间。转念一想，这其实就是他的诗学：把单崩儿的词并置在一起，不需要什么连缀。

帕拉和聂鲁达是好朋友。他的《诗与反诗》首次朗读就是在聂鲁达圣地亚哥的住所，还有不少诗作是在聂鲁达的黑岛（Isla Negra）别墅写成的。他俩相差十岁。聂鲁达代表了南美现代主义抒情诗时代的高峰，而帕拉则是这一时代的终结者。这种背景复杂的友情，也许恰好证明了南美诗歌链条环环相扣的传承关系。在《新英格兰评论》（*New England Review*）一篇访谈中，问及怎么看聂鲁达,帕拉坦然回答:"毫无疑问,聂鲁达是伟大的诗人,他的诗或许达到诗歌所能企及的高度。而他则是个十九世纪的人。"

帕拉的"反诗"多少与他的职业有关。他年轻时在布朗大学和牛津大学攻读物理,后来回智利教书。科学上的实事求是精神,使他意识到诗歌应该和真问题,诸如文化、政治与宗教的现实打交道。他的诗歌原则是简洁,以俗语口语入诗,避免隐喻象征,反对欧化倾向。帕拉这样阐释他的"反诗":"反诗不过是超现实主义的活力强化的传统诗歌——即所谓本土的超现实主义——来自我们所属的国家及大陆的心理与社会的观点,作为真正的诗歌理想,它应是日与夜婚姻的孩子,反诗所庆祝的,并非黄昏的新形式,而是新型的诗歌黎明。"

告别时,我要给他在房前的花丛中拍照。两条狗围拢过来跟他亲昵,他抚摸它们。我发现在他家门上有歪歪斜斜的"反诗"(Antipoesía)字样的涂鸦,问他是谁写的。他耸耸肩说:"那肯定永远是个谜。"

英文流利的克丽斯蒂娜(Kristina)是诗歌节的协调人之一,也是我们这些不懂西班牙语的瞎子领路人。她事后跟我说,帕拉和聂鲁达不同,平时深居简出,很少和外界打交道，这次能见到他真是幸运。

从帕拉家开车约半小时，来到聂鲁达的黑岛故居。聂鲁达有三处故居，一处在他出生的港口城市帕拉尔（Parral），一处在圣地亚哥，一处就是黑岛。黑岛非岛，原是一片荒凉的海滩。1939年底聂鲁达从欧洲回到智利，想找个安静的地方写作，于是从一个上校手里买下了这块约半公顷的地皮，连同一栋小石头房子。对面海中有个小岛呈黑色，聂鲁达就把他的领地称为"黑岛"，这一命名延续至今。

房子不用，聂鲁达在一个泥瓦工的帮助下，边设计边施工，终于在海边建起这栋约三百平方米的两层小楼，周围种满各种花草。这是他最喜欢的住处，在此度过晚年。我想起他的一本诗集《大地上的居所》(*Residencia en la tierra*)，多好的书名，既简朴又寓意深远。可这"居所"的奢侈程度还是让我吃了一惊。要说他外交官出身，怎么可能维持这样的生活？他是一个疯狂的收藏家，包括木雕、面具、工艺品、贝壳和酒具。客厅戳着个渔船上的守护女神，丰乳肥臀，目光如炬，面对着大海。聂鲁达是个旱鸭子，却自幼有个水手梦，不，是船长梦，他的一本诗集就叫《船长之歌》(*Los versos del capitán*)，是写给他第三任妻子马蒂尔德（Matilde Urrutia）的。这房子就有如一艘搁浅的船，聂鲁达就是那梦想中远航的船长。

餐厅面对波涛汹涌的太平洋。想当年流水宴席，也有曲终人散的时候。餐厅有个只供男士使用的小厕所，门上贴满各式各样的春宫照片，他的老朋友洛尔加（Federico García Lorca）的照片也在其中，大概由于他是同性恋，"内举不避亲"。

有一次记者问他，除了智利，是否想到出生在别的国家。聂鲁达断然回答："那我就拒绝出生。"他流亡多年，却一直是智利人民的宠儿。据说他当年在黑岛想吃什么鱼，只要用手旗给海上的渔船发个信号就行了。

他的书房很大，摆满各种稀有的海螺和贝壳，共计一万五千种，是从世界各地收集来的。他的书桌特别。据说，他一直想找一张和大海相关的书桌。一天黄昏，潮水卷来一块沉船的木板，他高叫道："这就是我的书桌！"书房中间有一水池。据讲解员说，他每天写作前后都要洗手。中国古人琴棋书画也讲究沐手焚香，那是种仪式，以示对创造的虔诚之心。

伦敦大学的威尔逊（Jason Wilson）教授写道："我看到两个聂鲁达。一个是贫穷的、劳工阶级的聂鲁达。

作为诗人的头三十年他是所有体制的叛逆者；另一个是浪漫主义者的聂鲁达，相信亲身经验。他在印度尼西亚、缅甸等远东国家待了五年，发展出一套十分个性化的写作风格。可是西班牙内战改变了一切。"1945年，聂鲁达加入智利共产党。在威尔逊教授看来，在南美洲，加入共产党就解决了所有的归属问题，也解决了感情问题。当苏联入侵匈牙利和捷克斯洛伐克后，很多左翼作家和知识分子都改变了立场，而聂鲁达却无动于衷，受到尖锐的批评。墨西哥诗人奥克塔维奥·帕斯（Octavio Paz）认为，聂鲁达的斯大林主义僭越了政治与道德的准则。

就形体而言，也有两个聂鲁达。他年轻时很瘦，随着出名变得越来越胖，甚至还出版了一本自己编写的食谱。前一个聂鲁达矜持自负，后一个随和幽默，第二个比第一个快活得多。

聂鲁达一生风流韵事不断，结了三次婚。他四十五岁那年在墨西哥流亡，与智利歌手马蒂尔德重逢，瞒着比他大二十岁的阿根廷妻子，开始了长达六年的地下恋情。1952年，马蒂尔德陪伴他在意大利的小岛上流亡。意大利电影《邮差》（*Il Postino*）就是发生在这一时期的故事。马蒂尔德陪伴他走完生命的最后旅程。

黑岛故居后花园一侧是艘小船,旁边是圆木搭成的支架,挂着六个大大小小由于风吹雨淋而变黑的铸钟。其中两组小钟平行对应,最大的居中,次大居上。这有如一曲沉默的交响乐,再大的风暴也无法把它们全都敲响。

白色的碎石小路伸向临海的山坡,把我们带到聂鲁达与马蒂尔德合葬的墓地。一块不规则的黑色大理石墓碑刻着他俩的名字和生卒年月,花草掩映。坡下即巨浪,阵阵涛声永远陪伴他们。聂鲁达在《漫歌集》(*Canto General*)中写道:"同志们,请把我埋葬在黑岛,面对着我熟识的海洋,每个狂暴的空间都有岩石和风浪,而这一切,我那遗失的双眼将永远不能再看见。"皮诺切特(Augusto Pinochet)发动军事政变十二天后,聂鲁达死于癌症,在圣地亚哥被军人们草草埋葬。皮诺切特垮台后,新政府举行国葬,根据遗愿,把他的遗骸迁到黑岛,埋在这里。

诗歌、爱情与革命,是聂鲁达一生的三大主题。可以说,聂鲁达的诗首先源于爱情,然后是革命。而爱情与革命有相似之处,如火,热烈而转瞬即逝。革命往往与大众与权力有关,比爱情危险得多。爱情最多转变成婚姻,而革命则会转变成血腥的暴力或父权式专制。

我们在聂鲁达故居的餐厅共进午餐，烤肉佐以智利红酒。诗人多有酗酒倾向，不停地招呼侍者上酒。哈罗德端着杯酒，摇摇晃晃，跟我絮叨个没完，连他的赞美都有侵略性。我好歹搀扶着把他哄上车。

1973年9月11日，黑岛，晴。聂鲁达起床，吃早餐，准备开始一天的工作，并接待来访的朋友。他打开收音机听新闻，从枪炮声中传来阿连德（Salvador Allende）总统断断续续的声音，那是他致智利人民最后的讲话。当他从外国电台获悉阿连德遇难的消息，对妻子说："一切都完了。"马蒂尔德安慰他："也许没那么严重。""不，非常严重，这是法西斯主义。"聂鲁达病情急剧恶化。他不顾医生劝告，一直守在收音机旁，并看了六次拉莫内达宫（Palacio de La Moneda）被攻占的电视画面。9月19日，他被急救车送往圣地亚哥医院，一路上两次被勒令停车搜查。马蒂尔德看见他泪流满面。

一个智利诗人告诉我，1973年军事政变发生后，墨西哥总统派专机到智利来接聂鲁达，但他谢绝了，他要死在自己的土地上。荷枪实弹的士兵在他家花园掘地三尺寻找武器。聂鲁达对他们说："你们在此地能找到的唯一武器，就是文字。"

二

在总统府拉莫内达宫前举行的诗歌爵士音乐会，拉开智利诗歌节的序幕。在电闪雷鸣的音乐间隙，诗人们轮流蹿上台念诗，如炮火中的蚊子。这多少反映了诗歌在今天的处境。被照亮的拉莫内达宫，在摇曳的喷水池中不断崩塌。暮色中，阿连德总统的雕像显得那么孤单。

1973年9月11日凌晨6点20分，阿连德被电话吵醒，得知海军在港口城市瓦尔帕莱索（Valparaiso）哗变。他打电话向国防部长查问，很快得到证实。而国防部长在前往国防部的途中被捕。7点30分，阿连德在助手和卫队的陪同下抵达拉莫内达宫后，挨个给将军们打电话。"无人回答，看来他们全都卷入了。"他说。于是他通过电台向人民通报了政变的可能，要大家保持冷静。8点15分，阿连德接到政变集团的第一个电话，提出让他乘飞机离开智利的建议。他回答说："告诉凡·斯高文将军，智利总统决不坐飞机逃走。正如他知道一个士兵该做什么，我知道我将如何履行一个共和国总统的职责。"政变集团迅速控制了政府部门和广播电台。8点40分，农业电台首次播放了政变声明。9点钟过后，尚未被军方控制的麦哲伦省（Magallanes）电台播放了阿连德的演说："这肯定是我最后一次向你们讲话。麦哲伦电台将会沉寂，你们再也听不到我的声音。这没关系，你们会听到的。我永远和你们在一起。至少你们会记住，我忠实自己的祖国……我对智利的命运充满信心。人们总会超越叛国者强加给我们的这一悲苦的时刻……我相信我的牺牲不是徒劳的……它将给卑劣胆怯的叛国行径一个道德教训。"

和政变集团通电话谈判的助手告诉阿连德说，敌人要在两分钟内开始进攻。阿连德取出卡斯特罗（Fidel Castro）送给他的半自动步枪，戴上钢盔，准备投入战斗。那钢盔显得太大，斜架在他的眼镜上。他身穿西服和花格毛衣，在卫兵的簇拥下朝上张望。这是阿连德最后一张照片。

拉莫内达宫内外对比悬殊。军方是坦克大炮直升飞机；阿连德手下百余人中多是文职官员和家属，只有五挺机关枪等轻型武器。10 点 40 分，在短暂的停火间隙，阿连德命令身边的内阁成员放下武器离开，他的两个女儿和大部分妇女也随后撤走。他还解除了卫队的职责，让他们自己选择，结果十七名卫兵全都留下来。11 点 55

分，军方出动两架猎鹰战斗机，发射了十八枚导弹，地崩山摇，拉莫内达宫一片火海。下午1点30分，军队发起最后进攻，士兵冲入总统府。在二层楼的阿连德对最后几个人说："每个人都放下武器下楼，我是最后一个。"当别人执行命令时，他独自退入独立厅。据最后撤离的总统医生吉洪说："我看见总统坐在沙发上，用腿夹住半自动步枪扣动扳机。我亲眼所见，却没听见枪声，他身体抖动，头盖骨掀飞了。"下午2点20分，士兵冲进独立厅。带队的帕拉索斯将军命令封锁现场，向聚集在国防部的政变首领报告："任务完成。占领拉莫内达宫。总统已死。"

几乎在同一时刻，远隔千山万水——在中国，在北京远郊东方红炼油厂的建筑工地上，一个满身汗碱的建筑工人正捏着皱巴巴的《参考消息》，注视着事态的发展。第二天中午，他蹲在食堂内舞台的大幕后吃午饭，急忙打开刚到的《参考消息》，头版就是阿连德总统战死的报道。读罢，他忍不住流泪了。那建筑工人就是我。要说那年头，一个中国苦力跟智利总统有啥关系？那就是我们那代人的国际主义情怀。记得当时正读海明威的《丧钟为谁而鸣》（*For Whom the Bell Tolls*）——那为阿连德总统敲响的丧钟也是为我，为一个中国愤青敲响的。"国际主义"与"全球化"是不同年代的时髦用语，乍听起来大同小异，实则有天壤之别。"国际主义"是全世界无产者联合起来，"全球化"是不明国籍的富人合伙坑蒙拐骗。

大型纪录片《萨尔瓦多·阿连德》正在智利上映。导演古斯曼在军事政变后流亡到巴黎，当时年仅二十九岁。在这部纪录片中，他以重返祖国的流亡者的个人化角度，通过对一系列见证人的采访，再现了军事政变那一幕的阿连德。

作为社会党创始人之一，阿连德于1970年当选为智利总统。而新政府面临着巨大的经济困境：百分之三十的通货膨胀率和百分之二十的成年男性失业率，以及十五岁以下的儿童有一半营养不良。阿连德决定实行财产再分配，提高工资，控制物价，对铜矿和银行实行国有化（垄断铜矿业的是两家美国公司）。由于阿连德的试验操之过急，势必和商业利益发生冲突，造成社会震荡。智利经济在他上台的头一年攀升，接下来两年是灾难性的衰退。

基辛格后来承认，1970年9月，尼克松总统命令他策划反阿连德政府的政变。1977年，尼克松首次承认美国卷入政变,他说:"对于美国的安全来说,智利的右派独裁要强于左派民主。"自1999年起,克林顿总统下令先后公开大批解密文件,揭示了尼克松政府通过绑架、暗杀、收买和经济制裁等种种手段,策划并介入了"九一一"军事政变。就在政变发生后的第五天,尼克松总统对他的国家安全顾问基辛格说:"在这次事件中我们的手没有露出来。"基辛格回答说:"也就是说,我们没有干,是帮助他们……尽可能地创造条件。"这是尼克松与基辛格的一段电话录音。在公布这些解密文件的同时,白宫发表声明承认:"美国政府在这一时期同意采取的行动加剧了(智利)国内政治的分化,从而影响了智利民主选举和法治的正常进行。"

政变成功后,军方实施戒严与宵禁,解散国会和左派政党,大规模捕杀反对派人士,二十五万人流亡到国外。到1990年皮诺切特退位,军事独裁统治持续了十七年。二十五万人加十七年,那意味着智利一代精英被耗尽。然而在流亡者中产生了一批重要作家,为一个国家阴郁的背景留下了亮色。目前南美最著名的女作家之一伊莎贝尔·阿连德(Isabel Allende)就是其中一个。她是阿连德总统的侄女。政变发生时她三十一岁,她的许多亲人被监禁，到处躲藏或逃往国外。十八个月后，她和丈夫及两个孩子流亡到委内瑞拉，随身带着把她家花园的泥土。她说："我生命第一阶段结束于1973年的那个9月11日。"流亡期间，基于跟祖父的通信，她完成了长篇小说《幽灵之家》（*La casa de los espíritus*），展现一个智利大家族几代人的变迁。这部小说为她带来巨大的声誉。"我构建我的祖国的形象时就像人们玩智力拼图，只择取适合我设计的部分而忽略别的，我并不只属于一方水土，而是好几方。"她又说，"写这部书是为了重新接近我失去的祖国，跟我四散的家人重新团聚，让死去的亲人形象复活，保存对他们的记忆，当时的流亡生活已开始侵害这些记忆。"她最近出版的回忆录《我所创造的国家》（*Mi país inventado*），寻找的也正是这种记忆。

伊莎贝尔满世界漂泊后，定居在加州。她在接受采访时说："我算明白了，我永远都成不了一个地道的加州人，但是我并不假装是其中一员。我所期望的不过是获得驾照，把英语学到能够看懂餐馆菜单的地步而已。"

参加诗歌节的智利诗人塞尔吉奥也属于那二十五万分之一。在去聂鲁达黑岛故居的路上，他对我说："我的生活一直都很混乱，某些碎片遗失了，显得残缺不齐。"要说淮南橘子挪到淮北都不能叫橘子了,可塞尔吉奥从南美移植到北欧仍叫塞尔吉奥。他有一双悲天悯人的眼睛。二十年的流亡生涯给他带来语言的财富:除了英语法语,他还会讲一口流利的瑞典语挪威语。

他追忆他的童年,追忆他的故乡瓦尔帕莱索。他自幼喜爱诗歌,聂鲁达和米斯特拉尔是他的偶像。军事政变就是从他的故乡开始的。那一天彻底改变了一个国家及其诗人的命运。二十六岁的塞尔吉奥,先被抓进海军监狱严刑拷打了十二天,随后又在大牢关了三个月,生死未卜之际,突然被驱逐到布宜诺斯艾利斯。刚适应了那儿的生活,1974年阿根廷右翼上台,迫害政治难民,在联合国难民总署的安排下,他又转到罗马尼亚。"为了经济和安全的原因,我不断更换地方寻找栖身之处。但对自己的土地和传统的记忆,超越了我的贱民处境。"他说。

最后塞尔吉奥辗转来到北欧,先住在挪威,后搬到斯德哥尔摩,在瑞典广播电台任文化记者。北欧成了第二故乡。"现在回过头来看,这些年,所有走过的路都把我引向诗歌,那些我认识的北欧作家,给了我评估世界的新向度。我开始在瑞典出版诗集,并获得认可。在北欧十七年的流亡生活,治愈了我受伤的灵魂。诗歌从大地的深渊拯救了我。"

1993年塞尔吉奥回到了祖国，发现物是人非，自己成了外人。他在一所大学找到教职，但与老板不和被炒了鱿鱼。说到此，他用食指在脑袋上画了个圈："在军事独裁统治下生活得太久了，智利人思维方式被改变了，跟军人差不多。你知道瑞典那种民主意识，再加上我的芬兰太太，唉，我在自己的国家感到格格不入。"

两天后的中午，我在旅馆大厅碰见塞尔吉奥。他西装革履，说要跟一个大学校长共进午餐，谈工作的可能性。看来他仍在挣扎着进入体制，他那条天蓝色领带代表了某种希望。

在当年二十五万流亡者中有个年轻姑娘，叫巴切莱特（Michelle Bachelet）。她的父亲曾是空军司令，政变后由于拒绝合作，以"叛国罪"投入监狱，严刑拷打，因心脏病发作死在狱中。父亲死后，巴切莱特与母亲受到牵连，被关进专门迫害政治犯的秘密监狱，吃尽苦头。她们幸存下来，于1975年流亡到东欧。巴切莱特在东欧获得了医学学位，回到智利，后成为全国闻名的医学专家。在治病救人的同时，巴切莱特秘密从事人权工作。2000年3月她被任命为卫生部部长，两年后担任国防部长，最近刚当选为智利总统,成为拉丁美洲国家历史上第一位女总统。这足以告慰阿连德的在天之灵:一粒被风暴卷走的种子,漂洋过海,又奇迹般回到自己的土地,长大成林。

诗歌节最后一夜。朗诵结束后,我们回到旅馆餐厅喝智利红酒,其中有塞尔吉奥和诗歌节主任何塞,还有日本女诗人白石嘉寿子。塞尔吉奥告诉我,在座的四个智利诗人中就有三个坐过牢,以何塞最甚,一生被关过五次。政变时他才十六岁,还是个孩子,就被军人用尽酷刑。通过塞尔吉奥翻译,我问及他坐牢的经历,何塞一时语塞,脸憋得通红,含着泪水。他终于开口,由于激动而断断续续:"……你面前是一堵墙,但必须得穿过去,为了孩子和爱情,不能让它们永远留在黑暗中……绝望是必然的,那是我们世界的倒影……在历史危机时刻,诗人就是要靠自己的心来装载苦难……"

三

从聂鲁达黑岛故居回来的第二天中午,我在旅馆餐厅见到哥伦比亚诗人哈罗德,他似乎一下老了十岁,满脸病容,围着红围巾裹紧大衣缩在桌角。他说他昨天喝多了,旧病犯了,现在只能靠流食维生。我问他是不是胃病?他说他根本就没有胃了,只能靠大肠消化。我说那你正好像鸽子一样,可自由飞翔。

他住在哥伦比亚首都波哥大(Bogotá),曾是拉美现代文学的教授。二十世纪九十年代初在北京的《今日中国》当了三年专家,回国时带了个叫雪梅的中国媳妇。雪梅在哥伦比亚生活了五年,由于内战的恐怖气氛和街头暴力,再加上外国人的种种困境,最终弃他而去投奔美国。"她是个好女人。"哈罗德感叹道。哈罗德一辈子结过五次婚,后两任都是中国人,看来他准有个中国情结。

我五年前去哥伦比亚麦德林(Medellín)参加诗歌节。那里处于内战状态,政府基本上只能控制大城市。据说一支左派游击队扬言,凡家产五千美元以上的均属绑架之列,不用说美国人,我看连中国白领差不多全都够格。而哥伦比亚人特别热爱诗歌。诗歌节开幕式是在体育场,听众有上万人。我走南闯北,也从未见过那阵势。哥伦比亚人还酷爱跳舞,街上到处搭着台子,只要音乐一响,行人就踩着点儿翩然起舞。对于常年被战乱困扰的人们,诗歌舞蹈恐怕像空气和水一样必要。

第二天凌晨5点我被电话叫醒。我们要到智利北方的重镇卡拉马（Calama），那是诗歌节的一部分。我们一行包括半打诗人一个智利歌手一个口译，由诗歌节主任何塞领队。在机场喝了杯浓咖啡，生锈的英文系统终于像钟表走动起来，我开始跟同伴们搭话。这半打诗人来自不同的国家：爱尔兰、斯洛文尼亚、葡萄牙、巴西和智利，只有我身份不明。

在飞机上我睡着了。我的梦和飞机翅膀一起偏斜，猛醒，我们已降落在沙漠中。卡拉马位于阿塔卡马沙漠（Atacama Desert）的中心，据说这是世界上最干旱的沙漠。连沙漠也分等级，那最干的应为上品吧。

相当于中国文化局一级的当地干部在机场迎候，语言不通，但他们粗糙的手显然与土地与劳动有关，让人感到温暖。到机场附近的旅馆安顿下来，紧接着是排得满满的时间表。

爱尔兰诗人保尔（Paul Muldoon）和我是老熟人了。他出生在北爱尔兰乡下，大学毕业后在贝尔法斯特（Belfast）的BBC干了十多年，1987年搬到美国，进入颇具美国特色的"创作专业"体制，多年媳妇熬成婆，现在是普林斯顿大学的讲座教授，两年前获普利策诗歌奖。他是个好玩的家伙，机智幽默且急躁。每次汽车发动,他都模仿马的嘶鸣;一刹车,他又发出马的哀嚎。他得意洋洋地对我说,他三岁就敢站在马背上。看来大学体制的鞭与轭,还是没驯服他。他会突然大叫大喊:"嘿,来点儿摇滚乐。"然后在自己想象的舞台上哼哼唧唧,荒腔走板,重温当摇滚歌手的梦想。可想当年"披头士"(The Beatles),给多少爱尔兰的乡下穷孩子带来希望。

我们先去了两所私立学校。第一所叫"达·芬奇"。教室里,身穿校服的学生们表情严肃好奇。若没有四十年的距离,我应调换位置坐在他们中间。先由几个学生背诵聂鲁达的诗,然后轮到我们念诗回答问题。他们的问题都很有意思,比如一个女孩子问:"诗人为什么不能又年轻又成熟?"让我们这帮既不年轻又不成熟的诗人瞠目结舌。保尔对我说:"问得好,这都是最古老的问题。"如果我坐在他们中间,一定会问台上的我:"那个东方诗歌大国真的存在过吗?"

担任口译的小伙子由于高原反应(海拔二千四百米)而虚脱,送回旅馆休息。我也检查了一下自己的脑袋,除了慢没什么毛病。口译一撤,我们这些不懂西班牙语的像断了线的风筝,让何塞傻了眼,幸好有歌手马利奥

(Mario)。他在纽约住过多年,英文流利,到另一所学校就由他来翻译。马利奥比我小几岁,平时挺温和,唱起歌来像狮子一般,让人惊悚。

何塞长得很帅,走路雄赳赳气昂昂,带动一头披肩发,好像在波浪中行进。他有点儿傲慢,我想这跟他完全不懂英文有关。每次朗诵前一分钟,他才跟我商量朗诵内容。平时照面,我们就像两个哑孩子,连比画带猜,实在急了就蹦出法文:"Ça va？"(怎么样?)"Ça va bien."(挺好。)

下午我们去附近的丘基卡马塔(Chuquicamata)铜矿参观。这是智利最大的露天铜矿。自1915年炼出第一根铜棒以来,智利大部分铜矿掌握在外国特别是美国资本手中。据统计,从二十世纪三十年代到七十年代四十年间,美国从智利铜矿获取的利润高达三十七亿美元。1965年智利国会通过"铜矿智利化"法案。根据这项法案,智利政府通过购买股份得到美国铜矿公司的部分管理权和所有权。1970年阿连德政府干脆将外国铜矿公司收归国有,为此付出巨大的代价。智利铜矿产量至今仍世界第一。最先使用青铜器的中国如今却缺铜,成为智利铜的主要进口国。

我们戴上安全帽，搭乘大轿车来到矿坑边。这矿坑长四点三公里，宽三公里，深近一公里。站在参观台上向下望去，一辆辆装满矿砂的卡车像玩具车缓缓爬行。而这些载重三百五十吨的矿车巨大无比。站在车前合影，我们还没有它的轱辘高。

矿区小镇一排排简易房是统计数字以外的现实。那支劳动大军在繁衍中行进，世世代代，就像沙漠中的河流一样带有宿命的悲哀。可以想见，矿工儿子唯一的出路就是当矿工，他们很难娶上媳妇，只有更穷的农村才能填补这空白。晚上在卡拉马市中心的小广场朗诵。随何塞的声声召唤，我们跃上一个西班牙式的六角形亭子。扩音器吱吱嘎嘎尖叫着。街灯摇曳，人影聚散，词语迷失在夜空中。有时候我觉得朗诵并非为了让声音留下痕迹，而是为了消失，特别是消失在异地他乡，归于虚无。那是一种能量的释放。

我们被带到一家画廊，有红酒点心有官员致辞有本地诗人朗诵。小地方的钟表慢，眼见着这庆典奔向午夜。保尔不耐烦了，嘶嘶地跟我抱怨，满嘴脏话。我试图安慰他，让他从美国东部的精确时间中解放出来。我坐在几个本地诗人之中，其中有个六十开外的男人会讲一点儿英文。他把刚刚出版的诗集送给我，磕磕巴巴说着什么。他是个美术设计师，住在另一个小镇，昨天才开始参加文化中心诗歌组的活动。这让我想起中国某个偏远小镇的诗人聚会。看来只要有人烟的地方，诗歌这古老的手艺就不会失传。

第二天上午驱车去一个名叫阿塔卡马圣佩德罗（San Pedro de Atacama）的小村镇，途中在一个印加人的要塞遗址停留。山坡上到处是残垣断壁，层层叠叠。印加人是南美印第安人，印加帝国的版图曾一度覆盖整个南美洲，四百多年前葬于西班牙人手中。由于没有明确的继承法规，印加帝国爆发了内战。1531年，弗朗西斯科（Francisco Pizarro）带领不到两百个士兵从西班牙港口出发，乘虚而入。得知印加国王同意接见，弗朗西斯科在一个废弃的小镇摆下"鸿门宴"。令他们惊喜的是，印加国王不仅接受了邀请，还声称他的随从不带武器。席间，一个牧师劝他信奉基督教。这是进攻的信号。不到半个小时，三千印加人全部被杀。一个帝国就这样终结了。

阿塔卡马圣佩德罗这个六千人口的小村镇是沙漠中的绿洲，一直可追溯到远古时代。村里仍保留着原始形态，全都是干打垒的房子院墙，门窗用图案装饰，色彩艳丽。条条土路通向一座土坯盖的白色小教堂,那是村镇的中心。我们就在教堂前的小广场上朗诵。这是慵懒宁静的星期六中午。听众散坐,有本地居民也有外国游客。四五个孩子就近趴在一棵大树下,窃窃私语。当保尔用浓重的爱尔兰口音朗诵时,一只小黑狗突然激动不已,狂吠着穿过广场,大家忍不住笑了。事后我跟保尔开玩笑说:"看来那只狗是你最忠实的听众。"

回到圣地亚哥已很晚了。我的中国胃开始跟我过不去,非逼我去寻碗汤面。出旅馆百余步,进"龙辉酒家"。侍者智利人,又无中英文菜单。绝望中,一个中国人从柜台后步出,儒雅谦和。他就是老板。我说我只要汤面一碗,别无他求。他问我来路,自报家门,他居然知道我,亲自下厨给我做了一大碗汤面。他告诉我,圣地亚哥中餐馆都是做智利人生意的,久而久之,连厨师也不会做地道的中国菜了。他不仅分文不取,还约我第二天共进午餐,说有个哥儿们是天津的特级厨师。我有心推脱,但我的胃激动不已。第二天我欣然赴宴,老板正接待客人,天津厨师忙着炒菜,由厨师的夫人和一位从景德镇来的陶瓷商作陪。菜上齐了,厨师现身。他是典型的北方汉子,曾在天津开了两家馆子,生意一度很火。他们两口子来智利，是为了陪在圣地亚哥足球俱乐部踢球的儿子。从长计议，他们正要盘下家餐馆，翘首仰望一颗上升的明星。看来中国足球有指望了。而大部分中国人到此都是为了寻找商机，一旦获得永久居留权就投奔美国。

当晚是诗歌节闭幕式。我们在圣地亚哥作家协会朗诵。舞台左侧挂着米斯特拉尔的肖像，右侧是聂鲁达。听众们鼓掌热烈。朗诵似乎是一种集体猜谜活动，听众鼓掌，则表示他们全都猜中。

第二天吃早饭碰见哈罗德。他依然围着红围巾，但明显见好。他送给我一张名片，上面是个沉睡少年的照片。哈罗德说这是他的养子。1993年，他和雪梅一起从北京回哥伦比亚定居。为博得郁郁寡欢的雪梅的欢心，他在波哥大附近置地盖房养马牛鸡犬。而这种田园生活在哥伦比亚是不真实的，雪梅还是走了。哈罗德病了，体重急增到一百八十公斤，家人把他送到疗养胜地开刀治疗。在那儿认识了个叫艾迪生的乡下孩子，他家境贫寒，没受过什么教育，但聪明能干。哈罗德无后，认养子，把他带回波哥大。艾迪生为他开车，照料土地家畜。2003年夏天，游击队开始争夺这块地盘。他们把哈罗德八十一岁的叔叔抓去,在地牢关了五个月,直到缴足了罚金才释放。今年 6 月,游击队登堂入室,当着他的面折磨艾迪生,然后把哈罗德抓走,直到他同意放弃家产才罢休。他哀求他们保全艾迪生的性命。他们先答应了,最终食言。

安第斯山脉在脚下越变越小,像孩子在海滩堆成的沙丘。拉丁美洲大陆伸向我的童年——是啊,我曾为地球另一角想入非非。其实说来他乡和故土并不远,只不过我当时年纪尚小,对人类的苦难与欢乐一无所知。

革命与雏菊

一

我们往往是通过一个人认识一个国家。大约五年前，我在旧金山认识了乔治（George）和黛西（Daisy）夫妇。他们后来到我住的小镇朗诵。我们在一家意大利餐馆吃晚饭，余兴未尽，我把他们夫妇请到家中，打开两瓶上等红酒，一直聊到深夜。在美国难得碰到有意思的人——这是标准化生产的结果，像乔治和我这样的残次品纯属淘汰之列。

乔治是美国诗人，出生在匹兹堡（Pittsburgh）产业工人家庭，十二岁离家出走，后当兵送往越南战场，由于参加反战活动被送上军事法庭，胜诉，回到美国拿下硕士，再东渡日本学习武术。

黛西也是诗人，她的身世更传奇。她出生在尼加拉瓜首都马那瓜（Managua）的文化世家，自幼进天主教贵族学校，上大学后投身政治。她加入反索摩查（Somoza）独裁统治的桑地诺民族解放阵线（Sandino National Liberation Fronte，简称桑解），成为桑地诺电台的播音员。革命胜利后，担任新政府的文化部副部长，主要负责拯救尼加拉瓜艺术，开展全国性扫盲运动，组织各种诗歌工作坊。她骄傲地对我说："我们内阁成员几乎都是二三十岁的年轻人，出国访问，让人目瞪口呆。"

黛西原意是雏菊。她是个很特别的女人，在优雅而难以捉摸的美中隐藏着某种野性。她的皮肤会让人想到某种贵重瓷器，却在革命的风暴中完好无缺。她年轻时想必了得，给以男性为主的革命带来多少动力。

从我教书所在的印第安纳州的冰天雪地中出发，换了两次飞机，终于到达热带的尼加拉瓜。昼与夜，冬到夏，有转世投胎之感。到达离首都东南四十公里的格拉纳达（Granada）已近午夜。这个西班牙风格的城镇建于1524年，是西半球最古老的殖民地城市。

在旅馆办好手续，我穿过中心广场来到对面的文化中心，今晚是诗歌节的开幕式，我刚好错过。人们随着音乐的召唤纷纷起舞。

有人高呼我的名字,原来是哥伦比亚诗人哈罗德,只见他像老鹰张开翅膀向我扑过来。他就像传统小说中的人物,从这一章直接进入下一章:我们刚在智利分手,又在尼加拉瓜重逢。他掏出他主办的文学刊物,封面人物就是我。他得意地说:"在你的诗的西班牙译本中,我是最棒的。"

乔治和黛西随即出现,久别重逢,我们像孩子一样高兴。黛西的眼睛闪光,似乎在说,看,我终于把你带到了我的祖国。她把我介绍给诗歌节的组织者和尼加拉瓜诗人们。"这都是我们当年出生入死的战友。"她说。乔治告诉我,今年11月的大选,桑解很有希望重新执政。黛西将参加竞选班子,一旦成功,她很可能重新入阁。我们为革命的新曙光干杯。

二

第二天早上我为了买牙刷顺便逛逛街。这是尼加拉瓜最著名的旅游城市,其繁华程度远不如中国偏远地区的县城。按国民总产值,尼加拉瓜排一百三十一位,是拉丁美洲最穷的国家之一。

尼加拉瓜（Nicaragua）一词的后缀阿瓜（agua），西班牙文是水。它西临太平洋，东抵加勒比海。还有两个大湖，果然水源丰沛。尼加拉瓜于1821年摆脱西班牙的殖民统治宣告独立，1839年建立共和国。1912年美国在尼加拉瓜建立军事基地。

农民出身的桑地诺（Augusto C. Sandino），1926年从墨西哥回国，领导金矿工人起义。同年12月，美国为了支持保守党政权，派出两千名海军陆战队登陆。桑地诺带领着二十九个伙伴进入了山区，展开游击战，队伍不断壮大。人们称桑地诺为"自由人的将军"。当时全世界只有六百多架军用飞机，美国竟派出了近七十架对付尼加拉瓜游击队。1928年美国胡佛总统提出与桑地诺谈判，被拒绝。美军终于在1933年撤出尼加拉瓜。1934年2月21日，桑地诺应邀到首都马那瓜共商国是。当晚，国民警卫队司令索摩查在总统府设宴招待。酒宴结束后，索摩查指派的凶手在暗中开枪杀害了桑地诺。索摩查1936年就任总统，建立了长达四十多年的家族独裁统治。

奥尔特加（Daniel Ortega）生于1946年，被西方媒体称为"天生的革命家"。他父母都是坚定的革命者。

1961年以桑地诺命名的"桑解"宣告成立，年仅十五岁的奥尔特加加入后，立即和伙伴抢劫了"美洲银行"的一家分行，为革命带来第一笔"启动资金"。1979年，"桑解"发动总攻，索摩查三世逃往美国，"桑解"成立了民族复兴政府。后当选总统的奥尔特加，取消美国在尼加拉瓜的一切特权。美国总统里根（Ronald Reagan）宣布进行经济制裁，同时支持尼加拉瓜右翼势力，发动内战。1990年大选，内外交困的"桑解"，终于败给亲美的反对派全国联盟。

这一历史转折改变了黛西的生活，她退出政坛，离开故乡来到美国，认识了乔治，在旧金山定居下来。而我也由此通过乔治和黛西认识了尼加拉瓜。

是夜，在一个烧毁的教堂前举办诗歌朗诵会。先由政要讲话，为一个纪念铜牌剪彩，上面刻着"这里是格拉纳达"。

威廉·沃克（William Walker）是十九世纪美国最出名的海盗。行医、当律师、办报纸都不能满足他的野心。他好勇斗狠，开疆拓土。1855年5月，带领六十名散兵游勇从加州启航，抵达内战的尼加拉瓜，占领格拉纳达，自封为尼加拉瓜总统，规定英文为官方语言，推行奴隶制。在尼加拉瓜人的反抗下，1857年他逃离格拉纳达前烧毁了许多建筑，在废墟上写下"这里曾是格拉纳达"。1860年，他再次去尼加拉瓜远征，途经洪都拉斯时被捕，后被军事法庭处死。这个沃克多少有点儿像山姆大叔早年的漫画式速写。

三

哈罗德和《新新闻报》主编与我共进早餐。我跟哈罗德头天约好去马那瓜，他请主编推荐值得一看的名胜古迹，首选竟是他们报社。我们搭两位台湾诗人的顺风车，到了马那瓜换乘出租车来到《新新闻报》报社，这是尼加拉瓜第二大报纸，第一大报叫《新闻报》。依此类推，第三大报纸应叫《新新新闻报》才对。进了《新新闻报》的简易楼，哈罗德把我推给准备采访我的女记者，自己忙着去办事。"你是中国人还是日本人？"这是女记者的头一个问题。一见哈罗德回来，我站起来说："我不能接受这采访，她连我打哪儿来都没闹清楚。"女记者不肯罢休："我可以问一般性的文学问题呀。""那你找别人去问吧。"我说。

出了《新新闻报》来到隔壁的《新闻报》，哈罗德索要有关诗歌节报道的剪报后，我们往湖的方向溜达。让我惊奇，马那瓜与其说是个都市，不如说是个大村庄，其赤贫程度让我吃惊。我说起美国入侵和左翼革命。哈罗德愤愤地说："可别跟我提什么'桑解'，这个国家就是被他们搞糟的，执政十几年，哼，搞国有化倒好，先把自己腰包塞满了。"我反驳他的说法。哈罗德说："我从来就不是右派，拉丁美洲作家没有几个是右派。但我对那些打着各种旗号的左派有足够的警惕。他们一旦上台全都变质了……"在大太阳底下，我跟哈罗德两个老外，为第三国的政治现实争得脸红脖子粗，汗都下来了。

一个推车卖冰棍的人带来了凉意，让我们冷静下来。我们决定包辆出租车，去报社以外的名胜古迹转转。老司机皮肤黧黑，很健谈，乐于充当我们的导游。我们先沿市中心兜了一圈。那里一片废墟，只有一栋高楼孤零零地立着，据说那是有丰富地震经验的日本人盖的。1972年圣诞节前夕，马那瓜发生大地震，百分之七十的建筑物倒塌，二十五万人无家可归。祸不单行，尼加拉瓜又在1998年受到飓风毁灭性打击。鉴于天灾人祸，最近国际货币基金组织和世界银行决定放弃尼加拉瓜的巨额贷款。

桑地诺塑像立在湖边山坡上,巨大身影投向天空。在历史的广阔背景中,一个民族英雄是多么孤单。

说到11月的大选,司机说:"要说我是'桑解'的老战士了,但他们让我厌倦。我当然还站在左派一边,但不会再选原来那批人马了。"我让哈罗德问他知道不知道黛西,司机回答说:"当然,那个游击队姑娘,我们永远都会记得她。她是个好人。"从马那瓜回格拉纳达的路上,开出租车的小伙子年仅二十一岁,已是两个孩子的父亲了。提到大选,他痛快地说:"我不管什么左派右派,谁给钱我就选谁。"

四

我请乔治夫妇和一位墨西哥女诗人吃晚饭。我们桌邻天井,阵阵晚风袭来,略有凉意。背景音乐是尼加拉瓜民间歌手的奔放歌声。我说到白天和哈罗德的争论,还有出租司机的说法。黛西告诉我,哈罗德的话基本是对的。尼加拉瓜的政治腐败是有悠久传统的,且不说横征暴敛的索摩查家族,最近的例子是1996年当选的右翼总

革命与雏菊　　129

统,两年前因贪污受贿被判刑二十年。革命成功后,"桑解"某些领导人也腐化堕落了。但她认为,革命的成败应放到当时全世界冷战的背景中去看。美国想尽各种办法颠覆左翼政府,诸如经济制裁,媒体宣传,支持右翼发动内战。

她告诉我,由于内战和贫困,在尼加拉瓜三十岁以下的年轻人占百分之七十,他们对革命所知甚少。黛西动情地说:"我常在想,那些普通老百姓怎么看我们,革命到底给他们带来了什么?这让我感到内疚。"她提到过去的一个女战友,革命成功后曾任驻越南大使。后来她对"桑解"内部的腐败失望了,决定摆摊卖杂货自食其力,直至今天。其他摊贩称她为"我们的女司令"。

最后我们说到尼加拉瓜诗人鲁文·达里奥(Rubén Darío),他是南美洲现代主义诗歌的奠基人。去年诗歌节开幕式上,就是首先由现任总统朗诵达里奥的诗篇。乔治说,你能想象美国总统布什在集会上朗诵惠特曼吗?

在南美洲,革命和诗歌有某种特殊关系。下令刺杀桑地诺的索摩查一世于1956年9月被诗人佩雷斯(Rigoberto López Pérez)刺杀。佩雷斯留下这样的遗言:他只是做了"任何热爱祖国的尼加拉瓜人早就该做的事"。索摩查家族特别恨诗人,特别是索摩查三世,无数诗人丧命在他们手下。依我看,革命与诗歌共享幻想与激情,但革命一旦转换成权力,往往就会成为自身的敌人。好在诗歌和权力无关,甚至是权力扼杀的对象。我琢磨,作为诗人和革命者,作为高级官员和流亡者的黛西,到底是个什么人?

黛西告诉我,她昨天见到当年"桑地诺之声"的忠实听众,他把当年录制的录音带送给黛西。另一个人在听到黛西的朗诵后过来问:"你就是当年的广播员?我的脑袋受过伤,大部分记忆都失去了。就在刚才,我突然认出你的声音。"

在我眼前浮现出一个画面:1978年某天,在秘密据点,年轻漂亮的女大学生黛西打开录音机开关,调试音量,对准话筒:"这里是桑地诺之声,现在开始播音……"

忆柏林

我和顾彬(Wolfgang Kubin)面对面坐在波茨坦广场附近一家连锁餐厅里。我们是最早的顾客。午餐很简单：色拉、金枪鱼外加啤酒。雨沙沙的敲打着玻璃窗。昨晚在市政厅开幕式的酒会上，柏林诗歌节组织者托马斯跟我说，我向全世界的神（包括你们的龙王爷）祈祷，明晚千万别……可诸神让位给天气预报，暴雨把大型露天朗诵会赶进室内。我和顾彬来参加一年一度的柏林诗歌节。午饭后，他要赶去参加一个关于翻译的专题讨论会。

柏林是我到过的第一个外国城市。1985年夏，我从北京出发，在巴黎换机前往柏林。顾彬在机场大门外等候。我跟顾彬1981年在北京相识。那时候跟老外接触还得有点儿胆——摆脱影子对人的跟踪与其说是现实的，不如说是心理的。

那时柏林还有东西之分。刚到西柏林,我就问一位德国人柏林墙在哪儿,她回答倒简单:你只要朝任何方向一直走就会撞上。我们来参加"地平线艺术节",看来地平线的确是柏林墙以外的想象。

中国作家代表团由王蒙带队,浩浩荡荡,我是编外人员。王蒙一扫官场作风,带着大家一起逛跳蚤市场,自己先买了件棕色皮夹克,得意洋洋去见西德政要。我花三十马克买了套西服,送出去干洗,价钱翻了两倍。

顾彬那时住在土耳其移民区,他尚未得到教授职位,过着清贫的日子。他给我们做麻辣豆腐汤,不怎么正宗,却让远离故土的中国胃激动不已。君特·格拉斯(Günter Wilhelm Grass)代表西柏林作协在一家餐厅请客。色拉和带血的牛排——中国作家们大眼瞪小眼,基本没动就撤了。最后是甜食。得,回旅馆饥肠辘辘,众人又去中餐馆找补了碗汤面。

那时候胆大。我跟孔捷生逛街,饿了,就近去了家法式餐厅。等侍者拿来菜单——光一道菜就三十多马克,我们傻了眼,只好说声对不起,撒腿就跑。

德国汉学家莎沛雪(Sabine Peschel)开车去东柏

林看她妹妹，约我和孔捷生同行。在戒备森严的边境检查站，来自社会主义国家的受到礼遇，走不同通道。莎沛雪请我们把一份当天的西柏林报纸藏在身上，连同我们在西柏林低价兑换的东德马克"走私"过去。我们成了大款，请莎沛雪和她妹妹及男朋友吃午饭，体验到西方游客去"过渡时期"中国的优越感。刚过中午一点半，饭馆就关门了，我们不禁会心地笑了。于我，这笑有一丝酸楚。

二十一年弹指间。顾彬依然皱着他那著名的眉头向我微笑。他这忧郁的面具，让所有想套近乎的人犯怵。要说他过了耳顺之年，却像愤青般奋笔疾书，呵神斥鬼，搞得那些自以为天下太平的人心神不定。他是那种很难归类的人，可这个世界非把他归入汉学家和译者，让他恼火。

柏林建于1237年，是个多灾多难的城市。它曾于1806年至1808年被拿破仑占领；1933年希特勒上台；1945年柏林被攻克时夷为废墟，由美苏英法四国共管；1948年，苏联对西柏林实行隔离，英美法联军用飞机空投物资保住对西柏林的控制；1961年8月13日，柏林墙在地平线上出现，西柏林成了孤岛；此后至少有二百三十九人在试图翻越柏林墙或渡河时丧命……

柏林墙于1989年11月9日倒塌。就在那一刻,西方媒体的所有镜头都对准狂欢的人们。那时我刚离开西柏林不久,搬到奥斯陆(Oslo),在电视前目瞪口呆。据说,德国少数知识分子,包括君特·格拉斯,呼吁东德人在统一问题上慎重,除了被西德"吞并"外,是否能找到更合理的出路,因而成为攻击的对象。那时只顾追逐西德马克的东德人,很快就领教了那玩意儿的厉害:兔子转身变成猛虎,逼得他们走投无路——东德工业全面破产,失业率居高不下,全体老百姓沦为"贱民"。

我至今还能回忆起初读东德女作家克里斯塔·沃尔夫(Christa Wolf)的小说《分裂的天空》(*Der geteilte Himmel*)的感觉,那还是远在我去柏林以前。在我看来,所谓"分裂的天空",绝不仅限于政治含义,深究起来其实是人类内心世界的分裂。

我自然也是分裂的。后来我半遮半掩告诉德国朋友,我还是更喜欢统一以前的西柏林。居然他们全都赞同,吓了我一跳。当年那是艺术家和穷人的天下,如今被政客和商人所主宰;当年朴素宁静的生活方式,被大国首都的野心和商业化的喧嚣所取代。说到底,我更喜欢的是当年的特殊氛围——末日感,那是人类处境的一种真实隐喻。

1989年5月下旬,我第二次来柏林,是德国学术交流中心(DAAD)的客人。我住在一个小单元里,常在楼道碰见那些冷漠而彬彬有礼的老太太。西柏林初夏的平静和客厅那台小电视机里的风暴恰成对比。

柏林成了我漂泊中的第一个家,如果家这个概念还有意义的话。我独自漫步在街头,看纪念教堂广场那些街头艺人的表演。我其实也是个街头艺人,区别在于他们卖的是技艺,我卖的是乡愁,而这个世界上乡愁是一文不值的。

我在柏林过四十岁生日。那天在一个台湾朋友开的快餐店,在座的有英国汉学家司马麟(Don Starr)一家,他们专程来柏林看我。有照片为证:我端着一盘鱼朝镜头傻笑,好像推销广告。对,那鱼就是乡愁,关于大海的乡愁。

十七年过去了,我依然喜欢漫无目的地满大街溜达。如果说巴黎是阴性的话,那么柏林就是阳性的,它像德国古典哲学一样迷恋空间和秩序——街道宽,屋顶高,公园大。我从未见过有这么多绿地的城市。如果说一个城市是放大镜,那么一个人则是尘封的书中的某个字,两者本来毫无关系,除非上帝或历史的欲望要借助城市寻找那个字,并锁定其含义。一个漂泊者甚至连字都不是,只是字里行间的潜台词而已。

诗歌节结束了,我从旅馆搬到Y家,第二天由她开车送我去机场。我当年认识的中国留学生已星散,Y成了我跟柏林的最后一线联系。我几乎每年都来柏林,Y就像柏林的女主人一样招待我。记得那年夏天,我和中国学生会的头头们在餐馆相聚,其中也有Y。她的一对耳环在灯下闪烁,露水般晶莹易逝。

Y现在吃的是职业翻译这碗饭。她十七岁从中国到柏林读书,拿到博士,一住二十五年,德文比中文还溜。作为单身母亲,她带着八岁的女儿和德国男朋友在一起。他们和别人合住一个大单元,这种合住的形式在德国语中叫Wohngemeinschaft(简称WG),从名到实都有点儿像当年插队的"集体户"。这是六十年代左翼运动的产物,保留着原始共产主义的某些因素。比如,除了按比例缴房租外,每周按人头缴二十五欧元,包括伙食和日常用品,不够再分摊;大家做饭打扫卫生分工合作。承租人蕾娜特(Renate)也是职业翻译,穿梭于英德西班牙文之间。她的男朋友前两年由于中年危机搬到另一个"集体户"去了,大概由于距离带来的新鲜感,他们俩又和好如初。这里除了Y一家,还有个刚搬进来的研究生,专门研究老年人记忆与遗忘的问题,引起快六十的蕾娜特的警惕。

我刚搬进来,蕾娜特正要出门采购。原来她和几个相识多年的女人定期见面,互相倾诉,相当于一种免费的心理治疗。这种关系的先决条件是不能成为朋友,否则就不可能知无不言了。据她说,五年来她每次都用蔬菜意大利通心粉招待伙伴们,到目前为止尚未有怨言。

我在客厅上网时,门铃阵阵,蕾娜特的心理伙伴高矮胖瘦鱼贯而入,像拉洋片一样。蕾娜特在去厨房的半路得意地告诉我:"她们照样喜欢我的通心粉。"

Y的德国男朋友J是音响发烧友,一个房间专门安顿那些带蓝眼睛的昂贵设备。他内向寡言,但音响这话题有如开关,一下打开话匣子。J和几个朋友合伙开了两家自行车铺。这也是二十世纪六十年代左翼运动的产物。那时为了提倡环保,十个年轻人,五男五女,合伙投资开自行车铺,同时也出售代表女性权利的毛线。后来女合伙人纷纷离去才撤下毛线,只卖自行车。

离开柏林的当天上午，我和Y谈起去年建成的柏林大屠杀纪念碑，她马上开车带我去参观。纪念碑位于勃兰登堡门和希特勒自杀的地堡之间，是由二千七百一十一个大小不同的水泥块组成的，散布在两个足球场那么大的空地上。

莱亚·罗施（Lea Rosh）是主要推动者之一。她今年七十岁，父亲在第二次世界大战中入伍死于波兰。她曾是电视节目的主持人，被2003年《好消息》（*Tip*）杂志的读者评为"最令人难堪的柏林人"。这不仅因为她发型怪嗓门大脾气坏，更主要的是她牛虻般的风格。"二战"结束后，德国人对自己所犯下的罪行不安，特别是对犹太人有一种极其复杂的感情。而罗施偏要触动这最敏感的神经。她花了十七年的时间到处游说，逼着政治家们做出承诺，终于在"二战"结束六十周年建起这座纪念碑。它与柏林雄心勃勃的扩建工程是多么不和谐——在那些修复的古老建筑和闪闪发光的玻璃钢管大厦中，阴森森的纪念碑触目惊心。关于这一点，罗施说得很清楚："这不是为犹太人而是为德国人建的。"

纪念碑设计者是美国著名建筑师彼得·艾森曼（Peter Eisenman），他对把纪念碑简单解释成墓地不满，按他自己的解释是"起伏的原野",没有入口没有出口,地势的起伏和水泥块的高低给人一种不安全感。

Y和我消失在这水泥迷宫中。越往深处走就越让人恐慌,好像被某种东西所控制而不能自拔。我们像孤魂野鬼出没,寻寻觅觅。我突然意识到,这是对德国的理性主义一种深刻的反省,似乎只有从这一点出发,才能解释为什么德国人会陷入战争的疯狂。伟大的俄国哲学家索洛维约夫(Vladimir Solovyov)认为有两种认识的方法,一种是外在的,即经验的和理性的,它面向的是现象的世界,获得的是相对的知识;一种是内在的,它面向的是绝对的存在,与无条件的神秘的知识相联系。在索洛维约夫看来,理性主义最终把存在等同于思想,未能理解存在的实在,即绝对的存在。按这一批判精神,即与心灵无关的知识必导致精神的残缺,这恐怕也是我们深陷在现代化陷阱中的缘由之一。

一个穿绿衣服的残疾人突然出现,他少了条腿,架着双拐走在我前面。苍天在上,其实我们都是精神上的残疾人,不可救药。

西　风

去年秋天，我和克里斯·马蒂森（Christopher Mattison）一家在美国西南部驱车穿越沙漠，开始了我的英文版新书《午夜之门》（*Midnight's Gate*）的推销之旅，克里斯是这本书的编辑。他三十六岁左右，寸头、络腮胡子、戴着两端上翘的黑框眼镜，像京剧中黑头的脸谱。他夫人乔迪（Jody）长他十岁，有四分之一中国血统，外加墨西哥等血统。混血如调色，造物主对乔迪关爱备至，把她调成个大美人。他们两岁半的儿子怀亚特（Wyatt）金发碧眼，像个小天使。但他对我保持天生的警惕，总是用英文大叫："No，北岛。"坚决否定我的存在。

第一站是新墨西哥州圣菲（Santa Fe）。据说这是美国最古老的城市，由西班牙探险家于1607年建成。这无疑是美国最美的城镇之一,地处海拔七千英尺的高原,所有建筑全部用的是泥坯,门窗装饰得异常鲜艳。到处是旅馆餐厅酒吧画廊首饰店,让游客和狗的瞳孔难以聚焦。这里富人和艺术家混居在一起,他们在最好的意义上互补:富人住久了总算有了点儿品位,而艺术家丰衣足食。

克里斯的母亲开车从凤凰城(Phoenix)专程赶来,特地带我们去一家高级旅馆参观。那儿有克里斯的铁匠舅舅的手艺——由数只站立的铁兔子组成的楼梯栏杆,让我这个半吊子的中国铁匠汗颜。他舅舅已搬到银城(Silver City),我们将会顺道去看望他。

1934年5月26日,柴油动力的火车头"西风"(Zephyr)号客车,在从芝加哥到丹佛(Denver)的首次运行中以七十八英里时速打破了纪录,把蒸汽火车头远远抛在后头。Zephyr来自希腊文,原意"西风之神"。它对于人们生活的改变,恐怕只有今日硅片的发明可与之相比。1980年,一个名叫埃德·霍根(Ed Hogan)的火车迷以此命名了他创办的出版社。

1997年秋,埃德划独木舟出事死去。在悼念活动中,他的朋友们决定完成遗愿,把"西风出版社"(Zephyr

Press）继续办下去。经过三年的整顿重组，自1999年秋天起，他们雇用了克里斯任执行编辑，并调整了方向，把以俄国文学为主的视野扩展到中国，而我那远在中国版图以外的《蓝房子》(*Blue House*)，以及《今天》英文选集《裂缝》(*Fissures：Chinese Writing Today*) 应运而生。

这次旅行也是为了纪念"西风出版社"创办二十五周年。穿越沙漠，我对时间获得了新的意识：时间长度似乎只有在广阔天地间才得以展现。

第二站是拉斯库塞斯（Las Cruces），我们在"西风出版社"的负责人之一莱欧拉·蔡特林（Leora Zeitlin）家落脚。莱欧拉是本地国家公共电台（NPR）古典音乐的主持人。她出生在美国东岸一个犹太家庭，父亲是著名小提琴家，曾在中国办过培训班。她自幼试图走出父亲的阴影，最终还是得其庇荫，靠音乐吃饭。

第二天上午，我们开车去附近罕见的自然奇景——白沙（White Sand）。克里斯顺手打开收音机，调到古典音乐频道，莱欧拉正像催眠师引导听众进入音乐。我突发奇想用手机给莱欧拉打电话，点播了一支由马友友演奏的中国作曲家盛宗亮的大提琴曲。大约十分钟后，莱欧拉用柔和的声音说："下面是中国诗人北岛点播的曲子。

他目前正在本城访问,今晚将在某某大学朗诵……"

骤然间,雪地般的白色沙漠随大提琴曲起伏延伸。白沙和雪的主要区别是温度,随着正午的太阳持续上升。孩子们大叫着冲向那热的雪中。

次日晨,干燥凉爽。我和莱欧拉坐在她家凉棚喝茶,聊起"西风出版社"。首先说起其灵魂人物埃德。"他害羞内向、不善言辞,却意志顽强。他天生就是个出版家。"她从屋里取出几本手绘的小册子——幼稚的字体和插图,右上角标明期号和价格,每本十五美分。"这是他十四五岁出版的刊物,主要对象是邻居和同学。"莱欧拉说。

1969年埃德在波士顿东北大学(Northeastern University)读书时,创办了文学刊物《外表》(*Aspect*),那年他才十九岁。第一期只油印了十二本,刊名是手写的。后来谈到办《外表》的初衷时,他这样写道:"……在出版业致力于迎合畅销书时,这本身就是一种政治行为。"《外表》经过十年的磨砺,在波士顿地区的文学圈颇有影响。

1978年夏,莱欧拉大学毕业后搬到波士顿,在哈佛大学找到份秘书的工作。第二年春天,在哈佛大学举办的大型书展上,她结识了书展的组织者之一埃德。那晚他们一见如故，聊得很投机。过了几天，埃德打电话向她约稿。莱欧拉的诗首次变成铅字，发在《外表》上。埃德进一步提出让莱欧拉进入编委会。就在参加编委会例会的路上，埃德突然把车停在路边，对莱欧拉说："我打算把刊物停了，办一家出版社。"有人告诉他，文学刊物是没有前途的，剩下的将只有文学出版社。这句话让他琢磨了好几天，最后拿定主意。在编委会上，大家被他的决定激怒了，除了莱欧拉外几乎全体反对。而埃德坚定地说："这刊物是我的。"

埃德开始训练莱欧拉打字排版。他自学成才，是这方面的行家。在一本书一张海报传单送印刷厂以前，他要精心检查每个细节，直到满意为止。"西风出版社"没有专职人员。那是个理想主义的时代，大家各自打工，业余时间来帮忙，从不计报酬。埃德靠排版养活出版社和自己。他是个不知疲倦的人，实在累了，他就在沙发上闭目养神片刻。莱欧拉问他是否有当作家的打算，埃德说："世上好作家太多了，可是没有足够的好编辑和好出版家。"

1989年12月的一个早上，他们经过日日夜夜的苦干，终于完成了《安娜·阿赫玛托娃诗歌全集》的排校，谁也没料到这本书前后用了七年的时间。他们最后反复推敲了每个细节,然后把一千六百多页的书稿装进四个箱子。埃德不信任任何人,他要亲自坐火车把它们送到密歇根(Michigan)州的一家印刷厂。"我不敢肯定这一切对我对大家来说是值得的。"埃德在火车站对送行的莱欧拉说,"还是我亲自带安全些。"

孩子们冲进来,打断了我们的谈话。怀亚特一见到我就大叫:"No,北岛。"把孩子们哄走后,我们之间出现短暂的沉默。莱欧拉是那种爽朗大度的女人,此刻显得有点儿忧伤。

1991年她离开波士顿搬到新墨西哥州,继续帮助埃德工作。自1995年后由于生孩子等原因,她开始从出版社淡出。她说:"埃德依然让我吃惊,尽管财政亏损、申请基金失败、发行不利等各种困境,他照样那么乐观。正是由于他的执着,出版社才度过了一个个难关。"

有一天半夜两点,他们正在电话讨论申请基金的细节。"我好像听见了火车声?"埃德能记住全美国所有的铁路,据他所知,没有客车经过拉斯库塞斯。莱欧拉告诉他那是从圣菲开来的货车。"哦,孤单的声音,"他喃喃说:"夜间火车汽笛那孤单的声音。"

和莱欧拉一家告别后继续上路。仍由克里斯开车,我坐在他旁边昏昏欲睡；怀亚特在后座用中文大叫"奶、奶"，然后扑进乔迪怀里吃奶。

银城位于新墨西哥州西南部，紧靠一个三百万多公顷的国家森林公园。我住在市中心的一个家庭旅馆，马蒂森一家住在吉姆（Jim）舅舅家。

吉姆比我小几岁，健壮敦实，眼镜后面是双聪慧的眼睛。从外表来看，他可能是教授、推销员或车行老板，只有握手时才能确定他的身份。铁匠的手粗糙黢黑，永远洗不干净，看来这职业标志是不分国籍的。他从小在内布拉斯加（Nebraska）州长大，在大学主修人类学。毕业后搞考古建筑勘测，在砖瓦厂修理设备。自二十世纪八十年代初改行当铁匠，跟名师学徒后立业，先在圣菲开铺子，七年前搬到银城。

我在二十世纪七十年代当过五年铁匠。在克里斯怂恿下，吉姆在他的工作坊生起炉子，让我比试比试。我抄起大锤，在吉姆的小锤指点下，叮叮当当击打着烧红的铁条。鼓风机嗡嗡响，正好掩盖了我的喘息。我瞥见怀亚特从窗外盯着我，我猜他准在叫喊："Yes，北岛。"重操旧业，心随大锤上下忽悠，落点尚准，但力度不足。待我放下大锤，故作镇定，手心汗津津的。吉姆总结道:"你原来只是个抡大锤的。"我得承认,一个美国铁匠对一个中国准铁匠的评价基本上是公正的。

离开银城,我们向亚利桑那州图森(Tucson)进发。一路上,我接着莱欧拉的话题,问起"西风出版社"的现状。克里斯于1999年秋天接手编务工作,单枪匹马,独当一面,办公室就设在他家。他们住在波士顿布鲁克兰(Brookline)一栋古旧的白色木房子里。我到波士顿都在他家落脚。克里斯说话速度比别人快一倍,和他的工作效率及思路相称。只有夜深人静,我们啜饮苏格兰威士忌,他才放慢下来。

克里斯告诉我,自从1990年《安娜·阿赫玛托娃诗歌全集》出版以来,"西风出版社"的兴趣转向翻译;埃德死后,出版社重组,进一步调整方向,致力于外国文学,包括中国文学在内。除了我的散文集和《今天》的英文选集外,他们还出版了商禽、夏宇诗选,多多诗选和张耳的诗选。

"你能想象英语文学如果没有兰波、策兰、陀思妥耶夫斯基、阿赫玛托娃会是什么样吗?而大出版社对这样的作者根本没有兴趣。由于其规模,由于在跨国媒体吞并中的格局限制和商业诉求,他们要不断说服读者接受那些所谓的'明星'作家，翻译文学基本不在他们的视野内。除非某外国作家获得大奖，他们才开始包装炒作。"

克里斯特别强调翻译的重要性。他说："在美国文学刊物和出版社的数目在持续上升，但真正致力于翻译的却非常有限，这和美国人的思维方式及其视野的局限性有关。翻译就其本质来说是作者、译者、原文读者、译文读者、文学评论家和翻译同行之间的对话，特别是在一个文化僵死、对'他者'感到畏惧的社会，这种对话变得更为重要。"这让我想起我的同事、著名翻译家葛浩文（Howard Goldblatt）在一次访谈中提到，外国文学译作只占美国出版量的百分之一。

在克里斯看来，对于像"西风"这样的中小出版社，编辑有更大的自由度，以文学价值为取向，不必像那些大出版社总是把市场营销摆在首位。"这世上总有一些对快餐文化反感的读者，不能让他们在书架那边白白等待。"他补充说。

此时，一列货车与我们平行前进。乔迪叫醒怀亚特，指着车窗外："看，火车。"我想起埃德，想起他在那静夜中的话："哦，孤单的声音，夜间火车汽笛那孤单的声音。"

多情的仙人掌

一

大地倾斜,飞机开始降落。房屋很分散,在阳光下呈土红色;闪亮的运河悠然飘过。凤凰城发展成为一个现代都市,不过是近五十年的事,据说本世纪初的建筑在这儿已经算"古迹"了。

候机室,一个小伙子手持我的书来接头。他身材结实,一脸络腮胡子,但眼睛敏感得像曝光表。他叫奥利弗(Olive),是第二代菲律宾人,在大学学写作,今年夏天能拿到硕士学位。明天晚上由他读我的诗的英文翻译。他问我该怎么读,我告诉他怎么读都成,这是他解释的权利。没聊几句,我们扯到诗歌,口味惊人的一致,都喜欢曼德尔施塔姆、特拉克尔和保尔·策兰。

马路宽得像飞机跑道,通向土丘之间的蓝天。州立大学离机场很近。棕榈树下，粉红色的圆形剧场像巨大的生日蛋糕，我就住在蛋糕对面的旅馆。房间里的空调机嗡嗡响。头昏沉沉的，翻来覆去，怎么也睡不着。我到旅馆柜台打听附近的酒吧。出门没走几步，汗顺脖子流下来，这刚2月底，太阳发狂，让人无处躲藏。一个黑人学生在教学楼的门廊吹长号，是一首练习曲，音阶单调。我想起一幅逆光中吹号的黑人爵士乐手的照片，汗水唾液星星点点。

晚7时，奥利弗把我带到附近的一家墨西哥餐馆。在座的只有一个写小说的，其余的都是诗人——上诗歌创作课的学生及其情人，能爱上诗人的也该算作诗人了。这儿有种家庭气氛，准是诗的梦想与贫困把大家拴在一起。我旁边的珍妮弗（Jennifer）滔滔不绝。她的未婚夫是个做生意的，不停地在文学中打哈欠。奥利弗坐我对面，话不多，喝着一种墨西哥黑啤酒。当珍妮弗在评论某本书时鄙视地用到"浪漫主义"一词时，他眼睛一亮，反驳说，"浪漫主义有什么错？"

第二天上午，卡拉（Karla）在旅馆大厅等我。她五十多岁，在大学的印刷作坊教学生造纸印书，并协助主持诗歌朗诵活动。她没多问，开车径直把我拉到沙漠植物园，轻车熟路，好像回娘家。她是这儿的会员。只见她那双粗糙的手指指点点，如数家珍。她告诉我仙人掌的骨架很结实，可作房檩；弯嘴鸫鸟为了爱情而决斗。在卡拉面前，我很惭愧。盖瑞·施耐德（Gary Snyder）说过，大多数人都不了解自己所生活的土地，只是占领那里而已。想想我正是其中一个。

卡拉不停地问我饿不饿，待我们在一家餐馆后院的阴凉下坐定，她长舒了口气说："是我饿了，还没吃早饭。"她讲起她的家族，边界两边的战争与爱情，她的开面包铺的父亲，刚故去的操劳了一辈子的母亲，暴君般的哥哥以及他们多年的紧张关系。她想把这一切都写下来。

晚上朗诵会结束后，卡拉送给我一个自制的卡片。纸很粗，是她用沙漠植物造的，上面有绿色叶片和三只黑色蜥蜴。其中写着几句赞美的话。她叮嘱我，别忘了让下一站的女主人带我去跳牛仔舞。

第二天早上我搭面包车去图森。这是亚利桑那州第二大城市，七十万人口，坐落在沙漠盆地，有群山环绕。除了亚利桑那大学（The University of Arizona）和光学仪器厂，再就是空军基地，据说轰炸伊拉克的飞机有些就是从这儿起飞的。天空被喷气机的烟雾切割得破碎不堪。

见到诗歌中心的负责人艾莉森（Alison），我就传达卡拉的指示，请她带我去跳牛仔舞。她抱歉地说她感冒了，再说也不知道这类酒吧在哪儿，卡拉说的准是下一站女主人苏珊（Susan）。

诗歌中心旁边有栋专供诗人住的小房子，客厅、卧室、书房一应俱全，只是尺寸小，有股陈旧的味道。书架摆满诗集，墙上到处是诗歌印刷品。有张罗伯特·邓肯（Robert Edward Duncan）1970年在伯克利的朗诵会的招贴广告，制作精美，充满六七十年代的疯狂想象。

我想去看看在这儿教书的方教授，艾莉森马上帮我拨通电话。我和方教授是1989年初认识的。漂流到海外，1991年春天在哥本哈根，我以临时主人的身份，陪他们两口子逛街看美人鱼。以后见过几次，都很匆忙。

方教授在办公室等一个香港的电话采访。我翻了翻桌上的权威的《天体物理杂志》（*The Astrophysical Journal*），头一篇就是方教授和他学生写的文章，试着读了读题目《一个可能的类星体的偏向模式》。真正的天书。要说天体物理和诗歌都有极其虚无的一面，但向度不同，语言不同，隔行如隔山。好在谁都不愿意谈自己的专业，说了也白说。诗歌还多少有人读，他写的天书，除了同行恐怕无人能懂。方教授每天早上7点钟准时到办公室，晚上6点钟回家，除了教课，大部分时间都在外层空间漫游。这一定是世界上最孤独的行业。

停车楼像宇宙，找车比找一颗小行星还难。方教授问我想去哪儿看看，我顺口说市中心。其实市中心在哪儿都一样，高楼大厦而已。沿着主干道，刷，他开车三分钟穿过去，调转头，又三分钟穿回来。我只记得市中心尽头准许调头的标志。

回到他们家，我热得发昏，连喝了两罐加冰块的可乐。教授夫人这两天正忙着安排工人铺路换水管。他们两口子决定带我去逛商城（Mall）。在美国，除了逛商城，还能干什么？商城是后现代文明的一景：巨大的水泥玻璃罩下，商店纵横相连，草木真假难辨，加上酒吧饭馆电影院。估摸有一天规模再扩大，人们干脆住进去，在里头上班。我和教授夫人挑选减价衣服时，方教授目光向上，大概正在琢磨商城以外的星星。

二

和方教授夫妇告别后，唐（Don）和女朋友米利亚（Melia）带我到一家意大利餐馆吃晚饭。饭后余兴未尽，我们去散步，又买了两瓶葡萄酒，回他们家接着喝。唐结实英俊，是我的好朋友美国诗人克莱顿·埃谢尔曼（Clayton Eshleman）的得意门生。我们在安娜堡（Ann Arbor）见过。他话不多，但沉着自信。他对美国大学的写作课充满疑惑。按理说他明年就能拿到博士，倘若论文与写作冲突，他会断然放弃学位。米利亚是学工艺美术的，正在找工作。她既自卑又有一种潜在的疯狂，正好通过她那辆轰隆隆的大马力跑车释放出来。

早上醒来时耳鸣，反应迟钝，好像刚从大海深处归来。10点整，唐带着录音机来采访，残存在脑袋里的酒精，逼着我胡说八道。中午和艾莉森共进午餐后，在诗歌中心跟学生们座谈，用英文，说得我理屈词穷。

晚上校方在亚利桑那酒店宴请。典型的西班牙式建筑风格，回廊环绕，曲径通幽。除了我，大家衣冠楚楚，我永远不知道什么时候该穿什么。校方请来了方教授夫妇和三位本地侨领。其中一个八十三岁的老太太极矮小但不容忽视，她是房地产商兼民主党人，前不久克林顿到此地演讲，正是由她介绍的。跟她合影是件困难的事，要想平起平坐，非得摧眉折腰不可。华人在这里已经五代了，从苦力到开餐馆到进入政界，不易。

朗诵前，由方先生讲几句话，他提到我们是北京四中的先后同学，他没提到类星体的偏向模式，否则听众准以为他是诗歌理论家。

第二天早上，一个叫斯科特（Scott）的小伙子开车带我去普雷斯科特（Prescott），此次旅行的最后一站。我们从图森出发，沿十号公路向北，过凤凰城换成十七号公路。到处是仙人掌，如无用的路标。红色的山岗起伏，跟斯科特放的爵士乐相呼应。这里的荒凉之美提供了一种距离感——远离现代文明，远离我们时代病态的幻象。

这两天的活动中常见到斯科特那苍白的长脸和典型的犹太鼻子，他一直眯眯笑，好像自己玩味着某个秘密。他在芝加哥长大，父亲开了家小唱片店，母亲是丧葬的顾问。这行当是不是有点儿吓人？不，斯科特笑了，她母亲非常热爱她的工作。但他无论干什么，母亲都会举出死亡事故警告他。滑雪？前不久，有个叫彼得的小伙子就撞到树上。最大的问题是，父母永远闹不清他为什么要写诗，那肯定是有病。斯科特二十一岁那年堕入情网，跟情人远走高飞，搬到华盛顿州的波特兰

(Portland)同居了两年,到处打工,两情相悦。那姑娘对什么都好奇,比如像狗一样到处闻,对各种味道都会惊喜万分。好奇心一变,她跟别的男人结婚走了。

斯科特的故事把车引向歧途。云海松涛,峰回路转,没想到沙漠中竟有这般秀丽的景致。到普雷斯科特晚了一个多小时,赶到旅馆,等在那儿的苏珊挥着胳膊大叫。她是个矮小但精力充沛的老太婆,笑起来,满脸褶子像手风琴般伸展。我传达卡拉的指示,她一口答应下来。

这是个小山城,不到三万人,地势高,比山下凉快多了。林肯总统批准建立亚利桑那地区时,这儿曾是首府。大概由于此,市中心隆起一个富丽堂皇的法院,除非每个市民都有官司,否则大得不成比例。

苏珊来自南加州的沙漠地带,在这儿住了十五年,小区学院教文学。她有对双胞胎儿子,在同一个爵士乐队,一个吹萨克斯管,一个弹钢琴。"养活自己?天知道!"她说,"反正我得多教一门课,而且是在早上。我最恨早起。"她喜欢这个小城,喜欢这里的闲散和纯朴。而附近要建起一座"Mall","那怪物,非把我们一切都毁了。"

好几天没沾酱油,我的中国胃在闹民族情绪。当苏珊建议去吃中国饭,我的反应有点儿过分。"北京小馆"端盘子的都是老美，菜还过得去。在座的还有苏珊的顶头上司当（Don）及夫人。当花白的络腮胡子很气派，但眼神忧郁。他突然问我："社会主义的垮台，是否就意味着资本主义的胜利呢？"

朗诵会结束后，苏珊、斯科特和我，还有一个叫杰夫（Jeff）的一起去牛仔酒吧。杰夫来自附近的城市弗拉格斯塔夫（Flagstaff），是当地国际书展的组织者。斯科特告诉我，下午我演讲时他开车上山，在一个小湖边睡着了。

牛仔酒吧紧挨着我住的旅馆，进门每个人交五块钱，包括一杯酒。酒吧灯光昏暗，歌手在二层的楼台上咆哮。老牛仔们带着半老徐娘旋转，威严有余，气力不足。苏珊和杰夫先跳了一轮，又把我拉进舞池。我脚下拌蒜，被她大踏步地拖来拖去，好不容易才苦海逃生。一个胖姑娘走过来，念了首情诗给我，题目是《普雷斯科特的爱情》。只见杰夫在远处坏笑，肯定是这家伙捣的鬼。胖姑娘到图森看女友，结伴出来度周末。她的女友是做伪军火生意的，经销一种灌水彩的塑料子弹，打在身上开花，但不会受伤。

夜深了，我和苏珊、杰夫告别。斯科特说他再去酒吧喝一杯。第二天开车回凤凰城的路上，他给我讲了个故事。

"……昨夜回到酒吧,我拼命回想那个女人的名字,怎么也想不起来了。一年前的冬天,我到这儿来听一个诗人朗诵。说实话,我不喜欢他的诗,而喜欢他的那顶皮帽子。他竟猜透了我的心思,把那顶帽子送给我。散了场,我到一个酒吧喝酒看书。有人过来攀谈,是个女飞行员,在附近的航校教书。半夜三点半,她把我拉到她的朋友家。清晨五点,她带我上山看日出。雪很大,她的破车抛了锚,我们缩在车里聊天。天亮了,从车里爬出来。嗨,真美,树枝结冰,空气又冷又新鲜。幸亏有那顶皮帽子。走了不远,发现一辆红色吉普车停在那儿,里面有人。我们敲打玻璃窗求援。车门打开,一个二十出头的姑娘脸色惨白,嘴角流血,神色恍惚,呜呜噜噜说不出话来。再细看,车里有半瓶威士忌,还有一个空安眠药瓶。我们马上开她的吉普车下山,结果又陷在雪地中。直到有人开车上山,才把那姑娘送进医院。是的,她被救活了。我们分手时太阳出来了。你看,我竟连她的名字都忘了……哎,那一夜。"

三张唱片

记忆中的第一张唱片,是斯特劳斯的《蓝色的多瑙河》。那是我父亲在六十年代初买电唱机后收藏的几张古典音乐唱片之一。父亲并不怎么懂音乐,买电唱机这件事多少反映了他性格中的浪漫成分和对现代技术的迷恋,与一个阴郁的时代形成强烈反差——那时候人正挨饿,忙着糊口,闲着的耳朵显得多余。记得刚刚安装好电唱机,父母在《蓝色的多瑙河》伴奏下跳起舞来,让我着实吃了一惊。

那是一张 33 转小唱片,蓝色调封套上是多瑙河的风景照,印着俄文,估计是苏联某交响乐队演奏的。说来惭愧,这就是我西方古典音乐的启蒙教育,像孩子尝到的头一块糖,直到多年后我去了维也纳,被斯特劳斯圆舞曲以及奥地利甜食倒了胃口。

"文化大革命"来了。在记忆深处，不知怎么回事，想到那场暴风雨就会想到黑色唱片，也许是旋转方式和不可测的音量有相似之处吧。时代不同了，这回轮到嘴巴闲着，耳朵竖了起来。我把高音喇叭关在窗外，调低音量，放上我喜欢的唱片。

接着是"上山下乡运动"。中学同学大理把《蓝色的多瑙河》借走，带到内蒙古大青山脚下的河套地区。1969年秋，我去中蒙边界的建设兵团看我弟弟。回京途中下火车，到土默特左旗的一个小村子寻访大理和其他同学。那还是同吃同住的"初级阶段"。每天下工与夕阳同归，他们扛着锄头，腰扎草绳，一片欢声笑语。回到知青点，大理先放上《蓝色的多瑙河》。这奥匈帝国王公贵族社交的优雅旋律，与呛人的炊烟一起在茅草屋顶下盘旋，倒还挺和谐。多年后，大理迁回北京，那张唱片不知去向。

第二张是柴可夫斯基《意大利随想曲》，那种78转的黑色胶木唱片，祖籍不可考。二十世纪六十年代末七十年代初，我和同班同学一凡、康成聚在一起读书写作。那是一种分享与共存，如同围住火堆，用背部抗拒外来的冷风。在我们的小沙龙，有危险中偷尝禁果的喜悦，有女人带来的浪漫事件。与之相伴相随的除了书籍，就是音乐。我们拉上窗帘，斟满酒杯，让唱片在昏暗中转动。由于听的遍数太多，唱针先发出吱啦吱啦的噪音，再进入辉煌的主题。短促的停顿。康成这样阐释第二乐章的开端："黎明时分，一小队旅游者穿过古罗马的废墟……"夜深了，曲终人不散，沉沉睡去，唱针在结尾处吱啦吱啦地不停滑动。

有一天我从工地回家休假，发现唱片不见了，赶紧去问一凡。他垂头丧气告诉我，有人告密，派出所警察来查抄，所有唱片都被没收了，包括《意大利随想曲》。那小队旅行者进入暗夜般的档案，永世不得翻身。

第三张是帕格尼尼的第四小提琴协奏曲。这张33转密纹的德意志唱片公司的唱片，是我姑父出国演出时买的。他在中央乐团吹长笛，"文化大革命"下干校苦力地干活。他家的几张好唱片总让我惦记，特别是这张帕格尼尼。首先，封套标明的立体声让人肃然起敬。那时用来播放的全都是单声道收音机，必然造就了一个个单声道的耳朵。每次借这张唱片，姑丈总是狐疑地盯着我，最后再叮嘱一遍：千万不要转借。

正自学德文的康成，逐字逐句把唱片封套的文字说明翻译过来。当那奔放激昂的主旋律响起，他挥着手臂，好像在指挥小提琴家及其乐队。"多像一只风中的鸟，冲向天空，爬升到新的高度，又掉下来，但它多么不屈不挠，向上，再向上……"他自言自语道。

在我们沙龙一切财产属于大家，不存在什么转借不转借的问题。顺理成章，这张唱片让康成装进书包，骑车带回家去了。

一天早上我来到月坛北街的铁道部宿舍。我突然发现，在康成和他弟弟住在二层楼的小屋窗口，有警察的身影晃动。出事了，我头上冒汗脊背发冷。我马上通知一凡和其他朋友，商量对策。

我们正在发愁，康成戴着个大口罩神秘地出现。

原来这一切与帕格尼尼有关。师大女附中某某的男朋友某某是个干部子弟，在他们沙龙也流传着同样一张唱片，有一天突然不见了。他们听说有人在康成家见过，断言是他偷的。他们一大早结伴找上门来。康成和他弟弟正在昏睡，只见酱油瓶醋瓶横飞。正当火爆之时，"小脚侦缉队"火速报了案，警察及时赶到现场，不管青红皂白先把人拘了再说。帕格尼尼毕竟不是反革命首领，那几个人以"扰乱治安"为名关了几天，写检查了事。

我最近在听动态（Dynamic）唱片公司的一张 CD，是由夸尔塔（Massimo Quarta）演奏的帕格尼尼的第三第四小提琴协奏曲。也许特别值得一提的是，他用的是帕格尼尼的小提琴，这把琴是 1742 年由瓜尔内里家族制作的，比帕格尼尼早诞生了整整四十年。这把琴现在属于帕格尼尼的故乡热那亚（Genova）市政府。重听这首协奏曲，被早年的激动所带来的激动而分神。帕格尼尼怎么也不会想到，他的音乐将以一种特殊的物质形式广为流传，并在流传中出现问题：大约在他身后两百年，几个年轻的中国人为此有过一场血腥的斗殴。

在中国这幅画的留白处

此刻我在香港中文大学逸夫书院的客房写作。窗外是海湾、小岛和远山,云雾变幻莫测,忽阴忽晴。老式空调机轰轰作响,蟑螂躲在角落静观其变。我在电脑键盘上敲出一行字,再涂掉。

我和中文大学有缘分。1983年中大的《译丛》(*Renditions*) 出版《朦胧诗选》中英对照本时,正赶上我成为"反精神污染运动"的批判重点,一时间恍然置身于一冷一暖两股水流之中。直到现在我也不明白,我的诗是怎么造成污染的。好在那场风暴虽来势凶猛,可雷声大雨点小,很快就烟消云散了。我一年不能发表作品,只好改行搞诗歌翻译,以贴补家用。"反精神污染"的结果,是逼着我又学会了门新的"污染"的手艺。

1985年,中文大学出版社出版了我的中短篇小说集《波动》的中英文两种版本,说来那是我最早的正式出版物之一,装帧精美,极大地满足了一个青年作者的虚荣心。

《波动》英译者是杜博妮(Bonnie McDougall)。她在悉尼出生长大,父亲是澳共领导人之一。1958年她年仅十七岁,被送到北京学习中文,以期成为中澳两党之间的使者。但由于"水土不服",她在北京待了半年就离开了,却从此跟中文结缘,获得悉尼大学的博士。二十五年前我们在北京相识,同在外文局工作。谁承想,如今我们在香港重逢,并成了中大翻译系的同事。

四分之一世纪过去了,我和杜博妮在中大教职员餐厅共进晚餐。暮色四起,衬出海上点点灯光。我们谈到的往事,如杯中红酒有点儿涩。当年杜博妮为凯歌、迈平和我开办英文补习班,最后只有迈平出了徒。我们几乎每个周末都在杜博妮家做饭饮酒,彻夜长谈。《黄土地》出笼前后,我们分享凯歌的焦躁、激情和荣耀。从《黄土地》出发,他渐行渐远。我和杜博妮陷入沉默,那友情照亮的八十年代沉入杯底。

1987年春,我应中大出版社社长詹德隆先生之邀首次来到香港,在中大举办活动。香港市区的繁华喧闹和中大校园的朴素宁静恰成对比。我在街上闲逛。让我印象最深的是香港的夜景。我乘坐的飞机就降落在其中，如同鱼穿过闪闪发光的珊瑚礁。我当时在英国杜伦大学（Durham University）的同事朱小姐正好也在香港探亲。她生在台北，在香港长大。于是她带我坐渡轮，逛女人街，在尖沙咀的小馆子吃海鲜。有美女陪伴，对于一个北京人来说，香港竟有某种异国情调。

我在键盘上把1997年误打成1697年，再改了过来。大概如黄仁宇先生所说的，那是并不重要的一年。可哪一年重要呢？其实统治者、历史学家和老百姓的时间概念是不一样的。比如说皇历，主要是关于节气属相婚丧嫁娶，与国家社稷无关。

1997年春，我来参加香港第一届国际诗歌节。我也是诗歌节的策划人之一。诗歌节的主题是"过渡中的过渡"（the transit in the transition）。要说一切都是过渡，连生命在内。香港如同一艘船，驶离和回归都是一种过渡，而船上的香港人见多识广，处变不惊。由于命运没法握在自己手中，所以在香港求签解梦算卦拜佛的特别多，对数字的迷信更是到了疯狂的地步。这也难怪，在茫茫大海中漂泊，你信谁？

我稀里糊涂被香港的富翁请去吃饭,他们一掷千金。盘中鱼之昂贵,据侍者解释,在于它是在大洋冷暖流交汇处游弋的"贵族"。震惊之余,我坦言《今天》杂志的困境,并拐弯抹角把他们引向为文学慷慨解囊的人间正道,可全都装聋作哑。我这才明白,宴请其实是对金钱这古老权力的祭奉仪式,甚至与主客无关。

离港前夜,我去看望黄永玉。他家在中环半山,从客厅可观海。我们相谈甚欢,从抗战到"文革"到香港现状。黄永玉和妻子二十世纪五十年代末从香港回到大陆,八十年代又移居香港,九十年代末再搬到大陆。香港于他,是避风港还是新大陆,是彼岸还是此岸?这位自称"湘西老刁民"的人,我琢磨,正是他我行我素的倔强和游戏人生的洒脱,使他渡过重重难关,成为少数逆流而上的幸存者之一。这恐怕和处于汉文化边缘的湘西,和未被完全同化的土家族的异数有关。

我七十年代拜访过他,他在北京大杂院一间加盖的小棚接待客人。记得没有窗户的小棚低矮昏暗,而他却在墙上画了个窗户,充满阳光花朵。一个艺术家对黑暗的认知、抗议和戏谑尽在其中。

听了我的筹款蒙羞记,黄永玉转身进画室,抻出一张丈二的巨幅工笔重彩风景画。我慌了神，连连摆手说不。老先生说："你看，这画又不是给你的。告诉你，这画不能低于三万美元。以后我就是《今天》的后盾，缺钱来找我。"

香港于我，此后是八年的空白。按中国绘画原理来说，留白是画面中最讲究的部分，让人回味。直到我自己漂流海外，才多少体会香港人的内心处境，他们就是中国这张画的留白。

去年11月我来香港与家人团聚。在酒店为我拉门致敬的竟是个衣衫不整的小老头，原来是神交已久却不曾谋面的沈先生。他特地先我一步赶到旅馆。沈先生是画家，我自幼是他画的连环画的"粉丝"，后来他又成了我的"粉丝"，这倒也平等。可他一见面就嚷嚷着要请客，不由分说。他七十年代从北京移居香港，不会广东话，吃尽苦头；同时打三份工，早起晚归。如今他退了休，忙着过赋闲的日子。这忙，包括千金散尽之意。按他的话来说："我得在见阎王爷以前把钱花完。"

他好书，此好包括读买送三品。读书固然好，但碰到那种虽读书但死不肯花钱买书的人才可恨，作家只能坐以待毙。而沈先生不仅买书，而且还会多买数本四处送朋友。他专淘那些不怎么流行的偏门别类,诸如地方志、方言考、民俗史、回忆遗孀或遗孀回忆什么的。

和家人在香港旅馆团聚两周,对我多年的漂泊生活来说还是新的一课。出门如出征,领军人物是尚不满一岁的兜兜。他人小,却有大将风度,把我们指挥得团团转。他在出世第七天(如同创世记)与我分手,如今在香港重逢,似乎有冥冥中的安排。五十年代初,我父亲曾一度决心全家移民香港,后被我那位当大夫的共产党二大爷给拦了下来。

离开香港时,沈先生坚持要来送行。他早早就到了,我们正收拾东西。眼见着大箱子盖不上了,虽说年过七十,只见他纵身一跃蹿到箱盖上,喊着号子连蹦带跳,用自重夯实衣物。我们齐心合力总算把箱子盖上了。

到了机场,他把我们带到餐厅,用广东早茶为我们饯行。为此他得意地说:"这就完美了,连接带送,有始有终。"在机场饮茶的确是个好主意,边点边吃边聊,让人神经松弛,直到登机。要说我去过全世界无数机场,还从未有过如此这般的帝王享受。

临走前,我和中大翻译系的方梓勋教授、童元方教授共进午餐,童教授的丈夫陈之藩也在座。他一口京片子,唤起我这个北京人深深的乡愁。他1925年生于北京,自青年时代就是胡适的忘年交,有书信集《大学时代给胡适的信》为证。他既是科学家又是散文家,我喜欢他的散文,像古井般拙朴而幽深。

在中文系安排下,由李欧梵教授主持了我的朗诵会。自1988年跟李欧梵在美国爱荷华(Iowa)认识以来,我们在世界不同的角落相遇:芝加哥、洛杉矶、波士顿、纽约、布拉格、斯德哥尔摩、彼得堡……最后是香港。我听他讲述过后殖民理论和解构主义,深入浅出。他这只"狐狸"还真的身体力行,最终离开美国主流文化的重镇哈佛大学,娶香港媳妇,在香港安家落户。

应中文大学翻译系的邀请,我今年夏天开一门"中国文学导读"(Introduction to Chinese Literature)课。要把五千年的中国文学压缩到六周内是不可能的任务,于是我打算以诗歌为主,特别是以不同英译本所呈现的缺陷来领悟中国古诗词的完美。舍近求远,对笨人如我,倒也是一种走法。

室内突然暗下来,骤然雨下,电闪雷鸣。今年雨水特别多,说风就是雨。作家李锐前不久在香港浸会大学访问,据说他望天长叹:香港这雨下了白下,都流回海里去了，要是下在我们吕梁山就好了。可不是嘛，这世上首先是自然环境的贫富不均，我想香港人民打死也不会搬到吕梁山上去住，他们宁可在海上漂流，不管风吹雨打。

我喜欢中大幽静的环境，居高临海，到处是竹林草坪。可我也算领教了香港的蚊子蟑螂的厉害。每次出门都被蚊子穷追猛赶，我疯子般手舞足蹈。最神奇的是它们能全天候飞行，风雨无阻。至于蟑螂就更甭提了，硕大无比，可见深得湿润的海洋性气候的照料和博大精深的粤菜的滋补。只要我们外出或昏睡，它们一呼百应，出巡夜宴。只要闭上眼，就能想象在高楼大厦的管道网中那庞大的蟑螂帝国。看来人类的科学技术再发达，对蟑螂也无可奈何，于是放弃了与蟑螂为敌的努力。

和呼啸成群的大陆作家不同，香港作家更热爱孤独。也许是由于他们对商业化压力和文学本质有着更深刻的体验。换句话说，这儿没有幻觉没有眼泪，没有天子脚下的特权。依我看，非得把作家放在香港这样的地方才能测其真伪：只有那些甘于寂寞清贫而不屈不挠者才是真的，真的爱这行。

语言的流变是一种有趣的现象。据说1949年以后香港一度南腔北调，普通话独占鳌头。一位香港朋友告诉我,他的广东话不标准就和小时候同学的语言混杂有关——孩子以互相模仿为乐。后来广东话和英语平分天下,而英语倚仗殖民优势高人一等。记得我初次来香港,一下掉进广东话的汪洋大海,而英语成了救命稻草。改革开放后,港式广东话一度随资本北上,那时北京小年轻以用广东话唱歌为荣。风水轮流转,赶上 1997 年普通话借统一大势南下,香港人民努力捋平舌头改造那九个声调的发音习惯。

今天中午,中大联合书院院长冯教授请我们去赛马会吃午饭。赛马会是香港上流社会的俱乐部,带有明显的特权意味,非得衣冠楚楚正襟危坐,弄得我腰酸背疼。席间,冯教授领我们从阳台眺望赛马场。他解释说,按英国习惯赛马是逆时针的,而来参赛的美国马因顺时针跑惯了,一度出现混乱。说到方向感,其实我们人类还不如马——人迷路,马识途。

我忽然想起黄永玉最近捐给《今天》的画上的题款:"客里无宾主,花开即故山。"他特意说明这句魏源诗是为我选录的。

如果说中国是一幅画,那么香港就是这幅画的留白,而我则是在这留白处无意中洒落的一滴墨。

他乡的天空

一

头一回见到 D 是五年前。我和一位美国女诗人在我们小镇的书店朗诵,由 D 主持。按惯例,朗诵会后大家一起到附近酒吧喝一杯。D 坐我斜对面。我们岁数差不多,而他像个青少年,正做牙齿矫正,满嘴钢箍,笑起来难免有些狰狞。人跟人相识往往靠机缘,有时只是一个词,像暗号对上了。D 提到他家新铺石板上的鱼化石,我很好奇,于是他请我到他家做客。

由于鱼化石,我被卷入他的生活。每周二晚上,我跟他到加州首府萨克拉门托(Sacramento)的一个老年中心,参加由他主持的诗歌工作坊。那都是些身处社会边缘的散兵游勇,因为热爱诗歌走到一起来了。由 D 掌控时间流程,严如法官。每个人轮流读自己新作,读罢由大家评点，任人宰割，最后才轮到作者说话。有人忍不住提前辩解，只见 D 口中一亮，喝住。散了会，大家到附近一家名叫卡罗斯（Carrow's）的美国餐馆，其饭菜可怕，无论点什么都得后悔。有人提议换家馆子，但由于价格距离和惯性的左右，使我们依然忠实于卡罗斯。那儿的最大好处是空旷，以及因空旷带来的自由轻松的气氛。我们聊天写联诗，直到夜深。那多少像个秘密团体，准备语言的暴动。大概由于远离中心，加上老弱病残，恐怕连 FBI 都懒得记录在案。

他父亲是银行家，十多年前病故。他不少诗是写给他父亲的，有一首诗写的是生死临界处的父子情。他告诉我，第二次世界大战期间，他父亲在美军潜水艇服役，常躺在鱼雷发射管里睡觉。若战友使坏，一按电钮，他就会从梦中射向大海。奇怪的是，那幽闭恐怖症竟会遗传，跟潜水艇一起深入 D 的潜意识，再呈现在他的诗中。人的经验是不可重复的，但却会通过别人的体验得以延伸。我猜想，D 的梦境多半在深海，而他的情人就是潜望镜中的敌舰。

在他看似光滑的生活中，死亡是个巨大的阴影。他家哥儿五个，他居中。俩哥哥一个弟弟都因病先后去世。

最近的死亡是他大弟弟，住圣地亚哥，去年感恩节还开车来看他，回去后就不行了。对D来说，死亡好像是个谜语，而谜底是现成的。

D是上高三因失恋开始写诗的。他在被迫选修的数学课上写诗，被老师发现。他跟老师讨价还价，最后达成协议：老师容许他在课堂上写诗，但不给学分。他年轻时生活混乱，大学没毕业，更换工作也更换女友。里尔克（Rainer Maria Rilke）在《秋日》中写道：

> 谁此时没有房子，就不必建造，
> 谁此时孤独，就永远孤独……

D反其道而行之，没房子就非得建造房子，最后还成了建筑商；孤独却偏不甘孤独，近四十岁和B结婚。B在州政府工作，专管捕鱼和狩猎。她是那种有定力的女人，像锚，把他这只船留在港湾。

他是个现在进行时的美国建筑商，我是个过去时的中国建筑工人。建筑是男人的行业，语言粗鲁直率，但挺有人情味。若要盖栋房子，他先把小算盘拨拉一遍，再把活分派给各种小公司承包，既得懂专业又得懂人情。

有时候跟他到工地转转，他跟师傅打招呼，仅三言两语，什么都在其中了。待一天的活安排妥了，他溜回家，关起门来写诗打瞌睡。

他是我认识的唯一一个写诗的共和党人。两年前，我们到旧金山度周末，在外面先喝了一圈，街道和路灯开始摇晃起来。我俩像难兄难弟，互相搀扶，回到旅馆的酒吧接茬喝。他趁醉慷慨解囊，请坐吧的每个人喝一杯。电视正在播放总统大选的进展。我问 D 支持谁。他一下酒醒了，嘴一歪，露出亮闪闪的钢箍。他嘶嘶地警告我说，别在这儿问，周围的人会杀了我。原来旧金山是民主党的大本营。

今年 D 五十岁。生日那天，我们到一家意大利餐馆吃晚饭。D 的牙箍终于摘掉，露出整齐雪白的牙齿。他告诉我，他弟弟病危，活不了几天了。他强作欢颜，笑容是一寸寸展开的。他眼角有一滴泪，不易察觉。

二

一个城市对于一个人，往往就是中心，不在于其大小地理位置重要与否。这就好比每个国家出版的世界地图都把自己置于中心,好在地球是圆的,用不着为这打架。北加州的小镇戴维斯,对我来说就是世界的中心。这道理也简单,无论我飞到哪儿,最后都得回来——我家在这儿。

如果戴维斯是中心的话,那么我的活动半径就是本文所涵盖的范围。依我看,在这个汽车时代,人的活动半径应在一百二十公里左右,开车往返应在三个小时以内,这意味着对上班族来说每天可以回家。按速度比例,当年在北京骑车,活动半径是二十公里——我最远骑到香山的工地上班。旧金山正好在我的活动半径内,可算作戴维斯的卫星城之一。

像大多数美国人一样,我是为工作而搬到戴维斯来的;不同的是,我并没有因失去工作而搬走。从1995年秋天起,我在加州大学戴维斯分校(University of California, Davis)教了两年书。最后老板找我谈话,她神色凝重,鼻子上有一道深深的横纹。我竟对她产生同情,好像被解雇的是她而不是我。我琢磨,她在说这番话前,内心得经受多大的折磨。

由于家庭变故,我在外晃荡了一年多,女儿回北京读书,我们把房子租了出去。在此期间,有一次我到湾区出差,从机场租车开回戴维斯。下八十号公路转一一三公路,再沿拉塞尔大道(Russell Boulevard)出口。一进入戴维斯,暮色苍茫,华灯初上。突然一股致命的乡愁袭来,我强忍泪水。戴维斯于我意味着什么?这个普普通通的美国小镇,就是我的家,一个人在大地上的住所。对于漂泊者来说,它是安定与温暖的承诺;对于流亡者来说,它是历史之外的避难所;对于父亲来说,它是守望女儿的麦田。

当年我师傅常对我说:"哪儿的黄土不埋人?"这话虽有穷人的无奈,但也包含了一种绝对真理。说实话离开故乡久了,家的概念变得混乱。有时我在他乡的天空下开车,会突然感到纳闷:我在哪儿?这就是我家吗?

我家,在不同的路标之间。

戴维斯坐落在加州首府萨克拉门托以西十二英里处。1868年,当铁路穿过一望无际的麦田,在这里停留,连车站带小镇得名于本地农民兼财主戴维斯。命名的过程至今是个谜。当一个人成了一个城市,这城市必然会塞进那人的性格。我仔细研究了有关戴维斯本人和这小镇的记载,发现有不少共同点。比如,这小镇正如戴维斯其人,重农轻商。这儿有全美最好的农学院,但市中心一点儿也不繁华,我女儿常抱怨没商店可逛。还有,由于继承农民戴维斯日出而耕日落而息的传统,除了外来的大学生,几乎全体居民都得了嗜睡症,一到晚上9点,家家户户都闭门熄灯。

我家住在戴维斯西边的帝国大道(Imperial Avenue)。但愿这街名别给人非分之想,这和纽约那些大道毫无共同之处。本街的居民,多是些对世界漠不关心而过分礼貌的帝国主义者,大家准是被嘘寒问暖这一套礼仪折磨得疲倦不堪,尽量缩在家里,毫无向外扩张的野心。这是条相当僻静的小街,一眼就能望到头;草坪像绿色补丁错落有致,缝补着灰色的道路;我家和邻居的猫蹿来蹿去,互相串门。七年前我们搬进来时,这里还处于城镇边缘,后院面对另一种历史——风吹草低见牛羊。

我去信箱取信,邻居家的两条狗像往常那样狂吠。我站在帝国大道上,望着冬天苍白的太阳,叹了口气。

三

开车去旧金山。过海湾大桥(Bay Bridge),阳光明媚,无风也无通常沿海湾涌来的浓雾。12点整到F家。

通过内线电话，女主人请我们在楼下稍候，他们马上下来。见面时难免拥抱握手，由于男女有别内外有别，局面一时有些混乱。若男人抱拳，女子道万福，则会免去不少麻烦。这方面最繁琐的是法国人，见面分手都得左右贴三次腮帮子才肯罢休，助长了流行性感冒的气焰。

我推坐轮椅的F到附近的餐馆。F是加州大学伯克利分校的教授，是中国历史的权威，曾担任过美国历史学会会长和美国社会科学院院长。他夫人H是上海人，意大利文学博士。她心直口快，凡事爱刨根问底。

进德兰西（Delancey）餐馆，坐定。H告诉我们，这家餐馆是由监狱办的，从侍者到厨师都是服刑犯人。这真是个好主意，为他人服务改造自己，表现好的减刑，让他们最终融入社会。F提到上次陪他父亲进餐，一时找不到大衣，问侍者，答曰被偷了。这种犯人的自嘲倒应该广为提倡，尤其在知识圈，他们犯了罪却不自知。

F的表情像孩子，眼睛湿润，时不时闪着调皮的光。他话并不多，而突然爆发的大笑能震碎杯子。H对丈夫情谊绵绵，那是令人心动的爱情。她说起在一次聚会上，朋友们让F交代他俩的恋爱史。没想到见过大世面的F，拿着麦克风突然哭起来……

我们点菜时，F打开我送给他们的诗集，翻到头一首诗《岁末》。"白金尺，"他念叨着，像调音师在寻找绝对的辨音力。他是那种很特别的智者。他一生坎坷，涉猎极广。其实知识也是一种权力结构。F既在这权力结构的顶层，又同时置身其外。汉学只不过是为他人生提供了一种向度，并未覆盖一切。依我看，不少汉学家毁就毁在这儿：汉学既是饭碗，又反过来主宰其精神世界；这种互相占有的结果，使他们失去了"白金尺"。

说到真实（truth），引起一番争论。说来真实是由交叉小径组成的花园。一个人的真实，只在某一点和他人的真实交叉。

F讲起他在哈佛读书时，也写过诗办过诗刊。有一天，诗友戴维（David）拉他去拜访弗罗斯特（Robert Frost）。他们找到他家，敲门。弗罗斯特出来了，他七十多岁，身体硬朗。戴维壮胆说："我们也是诗人，特地来看望您。"弗罗斯特摇着食指说："你们不能管自己叫诗人。"他俩愣住了，转身撒腿就跑。

午后时光慢下来，甚至停顿了，杯中的残酒即证明。H提议我们换一家咖啡馆坐坐。起身出门，时间又继续流动了。

我们穿过一片相当豪华的住宅区,全都属于劳改局,犯人就住在里面。这可是旧金山寸土寸金的地段,连一般中产阶级都负担不起。咖啡馆和那家餐厅一样,都属于劳改局。里面很大,兼卖书。桌椅大小高低不齐,有沙发纵横,可立可坐可卧可打盹儿做梦。我们点咖啡和红茶,F要了杯白葡萄酒。H告诉我们,在这儿服务的犯人是属于戒毒中心的。我不禁犯嘀咕,他们自己戒毒倒不要紧,可别顺手给我们下点儿蒙汗药什么的。

说起前两天哥伦比亚太空穿梭机的爆炸,H告诉我们,F这两天为此很难过;而他的中国学生认为,那是典型的美国式思维,是人类无限度自我扩张的结果。

我说,若生不平等的话,在死亡面前是人人平等的。那七位宇航员至少是自愿去死的,而炸弹下的阿富汗农民和饥饿中的非洲儿童则没有选择的余地。F又提到白金尺。他说,人的很多努力是非实用的,但有意义。他的话有道理。但我接着说,这种死亡是被美国媒体无限夸大了,成为民族国家神话的一部分。这样做,起码是不尊重死者应享有的宁静。

F又要了一杯白葡萄酒。时间不早了,我们还要到唐人街办事。H提议再坐一会儿。在F上厕所的时候,她突然哭了,她为她丈夫的身体担忧。

回家的路上,我记起我那首诗的结尾:

> 这是并不重要的一年
> 铁锤闲着,而我
> 向以后的日子借光
> 瞥见一把白金尺
> 在铁砧上。

四

戴维斯人民公社成立于若干年前,这和合作开荒发展农业或者推翻资产阶级政权的集体谋反都没关系,而是一些住在戴维斯的中国人为了巩固友谊消磨时光而凑成的松散团体,自诩为"人民公社"。主要活动是吃中国饭喝白干嗑瓜子闲聊熬夜打牌钻桌子。X是画家兼美术设计,憨厚正直,助人为乐。他们两口子好客,加上房子大,顺理成章成了公社的据点。每到周末大家事先不打电话,破门而入。满屋欢声笑语,通宵达旦。

B是一家复印店的老板,可算本地侨领了。他为人和善，笑容可掬，说话有时吞吞吐吐，故得"保密"的雅号。他身为老板，克勤克俭，尽买些二手复印机自己翻修。拆装擦洗中，总会多出些零件来，他顺脚踢到一边，只要复印机运转就行了。要是人的生活在拆装擦洗后能还原就好了，而那多出的零件正是感情中未知的部分，闲置时有潜在的危险。B 表面上满不在乎，内心必有疯狂之处，要不怎么无端端信了"天功"，还成了本地骨干。他自以为有了魔法，可呼风唤雨，让外星人调节室内光，但每回表演都以失败告终。

L 曾一度领导戴维斯中国女性时装的新潮流，后来搬到硅谷，眼见着这里的女社员花一般全都蔫了。逢年过节，她回娘家似的风风火火赶回戴维斯，一身时髦打扮，照亮了我们黯淡的生活。她是那种天生不发愁的人，永远乐呵呵的。有人说过，幸福是一种能力。果然如此。她原来那份工作让我羡慕不已——在实验室砸核桃，既轻松又不费神，还能顺手吃俩补补脑子，外加各种福利保险。可人家一甩袖子把那活儿辞掉，转身生孩子去了。

J 来自北京军区大院，可一点儿也没染上那颐指气使的傲劲。五年前她来戴维斯考查美国生活，想顺便找个如意郎君。于是公社作为一项重大任务布置下去——纲举目张。当时领导潮流的L正在善于保密的B的复印店打工，引起中国小伙儿H的注意。可L名花有主，于是提到待字闺中的J。这一网就捞了条小尾巴鱼。他俩虽住同一小镇，可先通了三天三夜的电话，昏天黑地订了终身，然后再见面约会。说来也巧，这位在美国长大的H用英文写诗，报考加大戴维斯分校是冲我来的，可还没等学生到老师已被解雇了。他边读书边打工铺地板，花钱如流水，欠了一屁股债，满脑子乌托邦梦想。有一回，我们一起去海边野营，他边喝啤酒边开车。他对我说，他要建一座城，把我和别的艺术家养起来……

一石激起千层浪。几年前，从北京来了个跟我们沾亲带故的女人，先住我们家，后搬出去自立门户。她耐不住这小镇的寂寞，于是开始勾引公社的男社员，一度几乎让主妇们人人自危。要说她人并不起眼，打哪儿来的魅力？后来才明白，她在公社分配浪漫梦想。用诸如温莎公爵的故事和巴黎温柔之夜的承诺，拉拢腐蚀革命干部。等大家猛醒把她扫地出门，才意识到，我们这儿缺的就是梦。

去年感恩节，公社社员从美国各地匆匆赶来，男女老少共二三十口子，只能打地铺。这回除了多年的革命传统外，还增加了新节目，由X为女社员拍艺术照。只见个个浓妆艳抹，风情万种。X忙乎了三个星期，用电脑修版配背景，那些玉照最终制成挂历，或买或送，为新的年景增色，一时传为佳话。

五

常有一些不速之客敲我们家的门。首先是上帝的黑衣使者，多半在周末，随门铃叮当一响显身。他们彬彬有礼，诚恳耐心。久了才知道他们来自不同门派，有天主教、福音新教、摩门教、基督见证人，还有些边缘化的神秘邪教。

他们不仅带来各种语言的宣传材料，而且有联合国才具备的众多翻译人才。有一天是刘伯伯开的门，他被黑衣使者说蒙了。我赶来解围，说他不懂英文，只会中文和俄文。那人伸出食指问，哪种语言更好？我顺口说俄文。本以为糊弄了事，没想到下个周末人家真带来个俄文流利的教友。我估摸，若说只懂斯瓦西里语（Kiswahili），他们也准能从非洲派个黑人牧师飞过来。

一般来说，跟他们谈话无趣，让我想起"文革"期间的毛泽东思想宣传队。其中大都温文尔雅，只是规劝我跟他们一起上天堂。也有极少数狰狞的,嘶嘶地用世界末日吓唬我,可哪儿知道我就是从世界末日那边来的。我这人心软,从不敢让他们进门,否则每个周末我非得跟他们跪下来一起祷告不可。而东方宗教就没有这样的侵略性——信不信由你。

再就是比世界末日更可怕的推销员。五花八门,卖什么的都有:从杂志到厨刀,从游艇到杀虫剂。他们说得天花乱坠,一不小心就得中圈套。有一回,我被一个模样和善的小伙儿说动了,花七十美元买了一本优待券(coupon book)。光是其中一张就把我乐坏了:终生免费洗车。

我第二天一早兴致勃勃开车到那家车铺,一头钻进机械旋涡中,但还没等烘干,指示灯就把我赶了出来。我冲进办公室,要讨个人间公道。只见那胖子在优待券上啪地盖了个"一次性使用,作废"的图章,说他们从来没给任何人永久洗车的特权。这下把我气疯了,发誓不揪出阶级敌人绝不罢休。我按优待券上的电话号码打来打去,最终发现全都是空号。

去年春天,我贪小便宜,放进个推销吸尘器的壮小伙子,他说可以免费给我洗地毯。我家地毯脏极了,何乐而不为?他让我取来我家的吸尘器,和他带来的吸尘器肩并肩。他拿出一袋细沙，扬手撒尽，再用手拍进地毯。我暗自叫苦。他先用我的吸尘器来往数遍，然后再用他的一带而过，奇迹般，细沙都聚集到那玩意儿透明的肚子里。随后他像刽子手，把电线绕在我家吸尘器的把手上。他对我说，在西部牛仔时代，这样的笨蛋是该绞死的，还不趁早扔了。我虽羞愧万分，但想想这吸尘器是刚买的，真有点儿舍不得。

接下来他用他的吸尘器表演洗地毯。他边说边演示，前后折腾了两个多钟头，大汗淋漓，像刚从海里捞出来的水雷。我心悦诚服。当他开出价码来，吓了我一跳——两千四百五十美元，够买辆汽车的。在我犹豫之间，他痛心疾首，一减再减，似乎为了我的健康和幸福，他得瞒着老板，自己赔本赚吆喝。最后减到一千四。我真怕他因破产而跳楼，刚要开支票，我女儿冲过来，坚决反对。她说我要买，就一个礼拜都不跟我说话。这比什么都管用，我只好谢绝了。

那推销员像泄了气的皮球，闷坐在那儿喝可乐。我过意不去，跟他攀谈起来。他说到自己时为之一振。我俩角色开始掉换，我不再是那个能承受昂贵消费品的有钱人了，而是他。他说，他从十四岁起就当推销员了。如今他开好车,穿名牌,吃香的喝辣的。再过几年他就是百万富翁了。我想起《推销员之死》,看来这出戏该改改了,得有个喜剧的结尾。

六

我家来了个房客。去年秋天,我要去威斯康星教书,只剩田田一个人在家,不放心,于是通过朋友介绍认识了P。初次见面印象还不坏。她四十出头,看起来挺文静,细皮嫩肉的。她在大学的生物实验室工作,每天跟细菌打交道。她丈夫另有新欢离弃了她,于是分家卖房。她临时转租了个小单元,居住条件差,空调不灵,每天晚上都一身大汗。我动了恻隐之心,让她马上搬过来,说好先不收她那个月房租。

待我教书回来,为感谢她对田田的照顾,我从巴黎给她带来手绘的丝绸围巾作礼物。她眉飞色舞,转眼和围巾一起飘然消失了。

她是踩着钟点生活的:下午五点半下班,晚九点半睡觉,早上七点半起床,差一刻九点骑车上班。我算了算,加上中午打盹儿,她每天睡十一个钟头,按她自己的说法是"昏吃闷睡"。周末她倒忙起来，把十岁的儿子接来住，围着他团团转。她儿子踢球，几乎每周末都有比赛，她场场必到，为儿子呐喊助威。

我们一起做晚饭。我掌勺她切菜洗碗，配合默契。我说话，她会像回声般应和，就是拖得长了点儿。"这菜挺新鲜，"我说。"可真新鲜，你说它怎那么绿呀，"她说。"进来只苍蝇，"我说。"一只大苍蝇，它还会飞呢，"她说。"下雨了，"我说。"这雨下个没完，天上地上全都是水，"她说。

要说她可算好房客了：从没人来串门，她手脚麻利，爱干净。她轻如风，走路悄没悄的，魂儿一般出没，有时怪吓人的。她关起自己房门，毫无动静，好像下决心从此消失了。我琢磨她要么打坐，要么坐在我书桌前向外张望。

她虽住在书房，可没见她读过一本书。有时我跟田田看录像，她会探头探脑，可一见暴力镜头，她就大呼小叫，落荒而逃。她更怕我们家的两只猫。一天早上，田田看见 P 带领儿子像两个蜘蛛人紧贴墙壁，蹑手蹑脚侧行，屏住呼吸，满脸恐惧，原来是哈库四脚八叉躺在过道呼呼大睡。

她有一天兴致勃勃喊道："北岛，你来看。"原来她从北京拍了一本艺术照。她灿若明星，令人刮目相看。她不停说："你看看，这多像我，跟别人的艺术照就是不一样。"

我问起她的爱好。她自豪地说："我嘛，最喜欢古典音乐和芭蕾舞。"可她既无录音机也无随身听，对我那几百张古典音乐唱盘不闻不问，来美国十好几年了，甚至连场音乐会都没去听过。"票太贵了，好几十，你说那玩意儿谁听得起呀？"她解释说，"赶明儿吧，我回北京去看芭蕾舞，那什么气派；再不，买唱盘回来好好享受享受……"

我发现有两个问题是碰不得的。一是嫁人。"美国人只知道sex，好可怕哟！"她眼镜片愤怒地闪亮。我说那就回国找吧。她跳起来，脸憋得通红，缩着肩膀，脖子往前伸，斗鸡般怒斥道："没门儿，那些人动机不良，利用我来美国，休想！"再就是房子。因地价攀升，我劝她早点儿买房子。她嘴角倒勾下来反驳我，好像我在跟房地产商串通起来给她下套。

若田田不在家，晚饭变得越来越安静，能听见厨房挂钟嘀嗒走动和那只总也打不死的苍蝇嗡嗡盘旋。我对她产生某种同情。她的世界又小又封闭：没有朋友，除了儿子就是住在北京的父母，外加那离弃她的丈夫。"不管怎么样，"她对我说，"我认为他永远都是我丈夫。"

今年年初，P从北京探亲回来，因房租问题变得暴躁。她整个变了个人，头上顶雷脚下带火，动辄拍案而起，嗓门儿大，跳着脚跟我们嚷嚷。最后不欢而散，她搬走了。我回到我的书房，会见那些久违的中英文书籍。我坐在书桌前，忽然想到P和她的寂寞。从这儿望去，绿树红瓦在闭合的百叶窗后隐隐闪烁。

七

C和夫人女儿一起来我家做客。他夫人漂亮高雅，有四分之一中国血统，还有墨西哥和白人血统，是混血中成功的例子。C在波士顿的西风出版社工作，出过我的散文集《蓝房子》英译本和《今天》的英文选集。其实这家出版社就他这么一位专职编辑。Zehpyr是从希腊文来的，意思是西风。这西风从俄国诗歌刮向中国文学，于是C从编书进入我的生活。

午饭后，我们开车去萨克拉门托。老城沿萨克拉门托河散开，码头与火车站相连，当年忙于向外输送黄金和小麦。那昔日的繁荣，折射在西部电影中常见的老朽的木头房子和艳俗的旅游纪念品上，显得有点儿凄凉。

我们直奔老城边上的加州铁路博物馆。这是我的保留节目之一,但来的次数太多,以至于到了痛恨的地步。

十九世纪的高科技无疑是火车,它彻底改变了人类地理和文化的概念,使东岸的美国人开始往西眺望了。那时从东岸到加州,乘船要五个月,乘马车日夜兼程也要好几个礼拜,且路不好,非颠得半死不可。

1854年,当朱达(Theodore Dehone Judah)收到信,请他去设计加州第一条客运铁路线时,他年仅二十七岁。他有个梦想,有一天成为贯通第一条州际铁路的工程师。同年5月,他和夫人安娜(Anna)长途跋涉抵达萨克拉门托,一到马上开始投入工作。第一段铁路从萨克拉门托向东,铺到内华达山脉(Sierra Nevada)脚下。而内华达山脉是铁路通向内地的主要屏障,下一步可就难了。

1859年,朱达前往华盛顿寻求支持。他和妻子在国会山布置了一间展览厅,展示各种图表草案和调查报告,向议员和官僚们解释太平洋铁路的重要性。但他的提案最终搁浅。一年后他无功而返,回到加州。

朱达进山勘测。当地居民都认为在山里修铁路根本不可能,只有他的好朋友,住在荷兰平台(Dutch Flat)小镇的药材商支持他。他们俩一起翻山越岭,实地考察。

有一天，他们和风雪搏斗，从山上扛着设备回到荷兰平台，疲惫而兴奋，他们终于确定了铁路过山的路。

带着勘测报告，朱达开始到旧金山和萨克拉门托寻找投资，但他的游说往往被耻笑。甚至有人说，朱达发疯的巨大铁路计划将会消失在内华达山脉的云端。他一再碰壁，终于出现转机。在一次小规模的演讲会上，他以最快的回报及最小的风险，说服了在场的萨克拉门托的商人，六人同意组成加州中太平洋铁路公司，其中四位实力雄厚，被称为"四大亨"（Big Four），包括两年后当上加州州长的斯坦福（Leland Stanford），斯坦福大学就是他用铁路赚的钱建的。

1861年10月，朱达再次到华盛顿的国会山游说。太平洋铁路法案终于通过了，由林肯总统签字生效。贯通州际铁路的庆祝典礼在萨克拉门托河泥泞的岸边举行，很多市民都来参加，朱达也在其中。他准是在暗自微笑——在奋斗了七年后，他的梦想终于要实现了。

但在修建过程中，朱达看不惯资本家的贪婪做法，据理力争，最后他和他的支持者被公司辞退，他只拿到十万美元的股份。1863年10月，他和安娜乘船离开。四天后，中太平洋公司第一辆火车头"斯坦福州长号"卸在萨克拉门托的码头。经过巴拿马运河时，朱达染上黄热病，几周后死于纽约。当他下葬时，铁轨正沿他设计的路线深入内华达山脉。

进博物馆不远，有三个留辫子的华人泥塑在峭壁上运送一桶炸药，他们正准备炸开内华达坚硬的花岗岩，为火车开道。因劳动力短缺，当时主管建筑的老板打算用失业的中国矿工来填补，遭到他助手的反对，理由是他们没有开山凿石的经验。老板反问道："他们建造过长城，对吧？"事实证明华工吃苦耐劳，出勤率高，工资待遇低。那时他们的月薪只有三十到三十五美元，还不管吃住。华工曾一度占修筑铁路劳力的百分之八十以上，干的是最苦最危险的活儿。据统计，自1854年到1882年，有三十万华工在美国修铁路。在铁路带来的美国的繁荣后面，有多少辛酸的故事？如今只剩下一些数字，还有这三尊泥塑——无名无姓。

八

田田的笑那么清纯自然，会让人惊奇。不，我是说让我惊奇。

她十八岁了，生日正赶上周末。星期五晚上，她要请朋友来聚会，望我回避。当天中午，我请芥末帮忙做寿司，买来酒水鲜花气球。布置停当，老父告辞了，到一个美国朋友家过夜。我每半个钟头给她打电话，以确保无酗酒吸毒火灾之意外。当聚会顺利进行，有一刻田田躲进自己房间。"真无聊，"她在电话里叹了口气，对我说。

田田从我这儿继承的是流浪的命运。她三岁就随我们到英国住了一年，并去了欧洲八国。过海关时她总是昏睡不醒，对国界基本没概念。1989 年后，她三次到欧洲来看我，跟我周游列国。1995 年全家团聚，她从北京搬到美国。她那年十岁，英文一窍不通，在学校的喧嚣中沉默了一年半才开口，没想到初中毕业她竟拿到总统奖。紧接着家庭破裂，她随母亲回北京，上了两年国际学校，去年夏天再搬到美国，和我在一起。

去年夏末，我从机场接她回家，她坐在厨房炉灶旁吧嗒吧嗒地掉眼泪，想念北京和那儿的同学朋友。两天后她和朋友到伯克利过夜，喝得酩酊大醉。我正要去中西部教两个月的书，不禁忧心忡忡。每次打电话回家，她都安慰我："我挺好的，你就放心吧。"待教书归来，果然云开雾散，她笑盈盈围着我团团转。她已有不少新朋

他乡的天空

友，功课也跟上了。

她很久不弹钢琴了，这回从北京带来一首电影主题歌《星语心愿》的琴谱，有空就反复练习，只弹这一首。乍听起来这是首挺欢快的曲子。她弹得遍数多了，我都能背下那旋律。

我乐观得太早了。我们聊天时，她对人生意义提出怀疑。我想起我们年轻时，外在压力大，反而缓解了内心焦虑。我给田田讲我们时代的故事，似乎离她的现实太远。在她看来，毛泽东得算古代人物了。有一天，她坐桌前望着窗外发呆。树影摇曳，午后的阳光闪烁。我摸摸她的额头，她凄然一笑，指指电脑上的一首英文诗。写的是季节转换与生死，红叶与青春血液，风与虚无。我问谁写的，她不好意思地点点头："我。"

我琢磨是田田的天性救了她。我正读星相学的书。说到田田，那位隐身的星相学家忍不住赞叹："世界上没有比O型双鱼座更好的人了。""双鱼座女性拥有流水般柔软且纯朴的性格……适应力好到令人吃惊的地步。"我信。

田田的朋友圈几乎清一色亚洲人。问她怎么回事，她说在北京的朋友倒有不少欧洲白人，但就是受不了美国人。这不是种族歧视吗？在她看来，除了在国外住过的，美国人脑袋总体出了毛病。美国病的主要症状是感情肤浅表面化，视野狭窄，极度自我中心。她说她自己就得过美国病，不自知，两年前回北京被朋友一通修理才治好。最近在学校讨论课上，大多数美国同学都支持打伊拉克。"美国就是要当超级大国！""为了石油流点儿血也是值得的。"田田真想大喝一声：要是把你们都送上战场就不会这么说了。

友情可替代家庭的温暖。田田的朋友遍天下，但在戴维斯，她的友情尺度不得不重新调整。L是个皮肤黝黑的日裔女孩子，她生活中的最大变化是从四十英里外的城市搬到这儿。她俩一起开车上学吃饭逛商店，形影不离，但几乎天天吵架，都是为些鸡毛蒜皮的小事。她至今还没有男朋友，理由是他们又丑又没意思。我跟她开玩笑说："你这辈子可别嫁不出去了。"

自田田出生到现在，我们分开的时间加起来有八年，今年秋天她就要上大学了，心中难免戚戚然。我开车送她上学给她做饭熨衣服。有朋友说："女孩子就是要惯的。"此话有理，当然也不能过头。最近我开始教她烧菜，逼她学开车，把我写的东西念给她听。我们成了无话不谈的好朋友。

在美国报考大学可谓人生大关,其程序之复杂表格之繁琐,让人发疯,更何况对一个生活巨变中的孩子。我硬着头皮读那些城砖般的参考书,跟她一起彻夜填表,请懂行的美国朋友做参谋……我自幼不喜欢上学,跟高等教育更是绝缘,可传统正召唤我带女儿回到人间正道上来。

我刚摆好饭菜,田田突然跳到我跟前,用她的小哑嗓朝我高唱《星语心愿》:"……怪自己没有勇气／心痛得无法呼吸／找不到你留下的痕迹／眼睁睁看着你却无能为力／任你消失在世界的尽头／找不到坚强的理由／再也感觉不到你的温柔／告诉我星空在哪头／那里是否有尽头／就向流星许个心愿／让你知道我爱你。"

九

O马上要搬回上海了,临走前我下厨掌勺为他饯行,另请了几位朋友作陪。席间我打开瓶"五粮液",他滴酒不沾,今晚破例,让我斟上小半杯。他抿了一口,叹息人生短促,老之将至。说到此,在那风吹日晒的黝黑脸膛闪过一丝无奈的自嘲。

他原是上海造船厂的工程师。1996年搬到萨克拉门托，和表妹表妹夫合开了一家生物切片公司，但生意不好，他们只好各干各的，凑钱纳足美国的苛捐杂税，以营造公司正常运转的假象，为了合法居留，盼着有一天能拿到绿卡。表妹夫无一技之长，去餐馆打工；表妹学过中医，在一家中国人的诊所扎针灸；O则是能工巧匠，又身强力壮，从铺草地粉刷墙到修汽车跑单帮，从上房揭瓦刨地三尺到自动化发明精密仪器设计，他无所不能。

我们是通过朋友介绍认识的。在美国买房子置家产负债累累且不说，维护它比治国还难。单安装椅子就把我治了，那说明书看似简单，越琢磨越糊涂，颠来倒去，不是螺丝拧歪了，就是腿装反了……O成了我们家的上帝，几乎所有比安装椅子更复杂的活儿全都包了，只见他挥手之间，万物各就其位。

可每回结账都闹得面红耳赤：讨价还价是反向的——我坚持多付他非得少要。三年前，他买房子时有两个月无住处，我正好出门，请他和表妹来看家。此后收费就更难了，有时只好自己动手，对付对付算了。

他虽脑力劳动出身，却是那种毫不惜力的人：早出晚归，一年三百六十五天从不休息。九年来他只歇了三天，在朋友裹挟下去了趟迪士尼乐园。我估摸，那疯狂过山车让他对美国的印象更加晕眩。留在国内的妻子女儿都以为他在公司上班，衣冠楚楚，哪儿想到他整天日晒雨淋苦力地干活。他和家人分开了九年，这离愁别绪会平添多少白发。幸好这世上有电话且美国电话费便宜，他们彼此越洋呼叫，甚至连女儿做算术题都要由他指点。

女儿是我俩生活的共同主题之一：我跟我女儿分开了六年，他跟他女儿分开了九年。每回他笑谈起他女儿，我的心都会紧缩。他表面上是个乐观的人，总笑呵呵的，恐怕内心苦不堪言。他说他现在什么都信，无论何方神圣。

劳累之余，他纵身投入股票市场，把钱压在电子股上。在股市上扬的好年景，他日进斗金，每天出门干活前打开电脑，暗喜。谁知道其凶险深不可测，转眼间美国泡沫经济衰微，首先始于电子股，只见他买的股票直线下跌。其中一家让他热血沸腾的公司，从六十多美元一股的高峰先跌了一半，喘了口气，再一路下滑到每股五十美分的谷底，最后索性倒闭，血本无归。那阵子他每回上网都两眼发黑，一身冷汗。有时一天损失五千美元，干活挣的那点儿钱连零头都够不上。碰到抠门压价的，他干脆说今天义务劳动，分文不取，让人家目瞪口呆摸不着头脑。后来他不敢轻易上网了,偶尔为之,要先服镇定剂,打坐运气祈祷,免得犯心脏病。

再就是美国移民局和律师的"合谋"。移民局明知道这类小公司的困境,却照收苛捐杂税。他为了办绿卡,不得不请号称成功率百分之百的名律师,但费用昂贵,每小时二百五十美元,连打电话咨询都掐着表。终于熬到和移民官员面谈那一天,律师坐商务舱住高级宾馆好吃好喝好招待,费用计算精确,连打喷嚏在内,那一趟总共花了近万美元。最后移民官员摇摇头,让他回家等信。这一等就是半年多,税照缴不误,律师费一分不少。最后律师出主意,让他再花五千美元向最高法院上诉,讨个公道。三个月后被驳回,他只好卷铺盖回家。

那天在一家日本餐馆吃午饭,我们相对无言,像两台旧蒸汽机对着叹气。美国是许愿的土地,但对多数受苦受难的人来说却不肯兑现。当马丁·路德·金说"我有一个梦想"时,他内心充满了绝望。O也有一个梦想,就是在美国合法留下来。我想所谓命运,都是一种对失败者结局的合法化解释,其中包含强权的意志。O是个真正的发明家。由他设计的家庭自动音乐喷泉很受欢迎,完全应申请专利;他边干活边通过电话指点在美国造船厂的上海老同事,帮他解决难题……关键是他没有合法身份,只能处于地下状态。他告诉我,这些年他在美国损失了五十万美元,那都是按钟点挣来的血汗钱,如今两手空空,无颜面对父老乡亲。

酒酣耳热,他说临走前会把我家草地的喷水系统修好,另外他有个聚宝瓶传给我,叮嘱我多扔些硬币进去会带来财运。临近启程的日子,我多次打电话,只有他怪声怪调的英文录音:"这是某某生物切片公司,我暂时不在……"

那天我回家,一个聚宝瓶立在我家门口。

十

戴维斯的历史有很多疑点。比如,1850年,当J. C. 戴维斯娶了J. B. 奇利斯(Joseph Ballinger Chiles)上校的小女儿玛丽(Mary),有多大成分是政治与经济的联姻。从照片上看,玛丽可以说相当丑。来自俄亥俄(Ohio)州的戴维斯,仅十来年的工夫已成了本地首富之一。除了上万公顷的农场,他开了本县第一家奶酪厂,又和奇利斯上校等人经营过河的缆绳摆渡,仅此一项,他每个月所得近万美元。缆绳摆渡使他跨越了阶级界限，成了奇利斯上校的座上客，转而娶了比他小十二岁的玛丽。但不幸接踵而至。他们的独生女三岁早夭；连年的干旱和病虫害，加上内战后的高税收，逼他陆续把地卖掉，搬到萨克拉门托，晚年当了个小芝麻官，郁郁而终。

戴维斯有一种农民的纯朴和狡猾，这两者在某些关键时刻相得益彰。但可悲的是，他即使爬到他家后院那棵最高的树上，也无法看见地平线以外——干旱病虫害南北内战，还有老年的孤寂。

我在市中心溜达，琢磨一个人和一个城镇的关系。自J. C. 戴维斯在这儿定居已有一百五十多年了。由于铁路，戴维斯从一个人成为村落；二十世纪初，由于教育（加州大学伯克利分校的农场变成农学院），戴维斯从村落成为小镇；二十世纪五十年代至今，由于美国战后经济的繁荣，戴维斯从小镇成为城市。而戴维斯本人早就被遗忘，在人口急速而盲目的流动中，历史正被消解。

写到这儿，我上网打开邮箱，有一封来自阿姆斯特丹的姆伯基（Mbeki）先生的电子邮件，标明为商业机密。最近我交了财运。电子邮箱尽是非洲来信，有前总统的侄子，流亡将军的寡妇，被迫害的民主斗士的女儿。

在悲惨故事的结局都有笔巨款,要通过我过户转到美国来,提成比例高达四分之一。晕眩之余,我也有些含糊。眼前这位发信人是津巴布韦黑人农民的长子。由于穆加贝(Robert Mugabe)总统推行的土改政策,很多富裕农民被杀害,他父亲也在其列。不知怎么回事,姆伯基先生现在跑到荷兰政治避难。他告诉我,死前父亲带他去约翰内斯堡,在一家私人保安公司存入毕生的血汗钱,折合为两百三十万美元,这笔钱将用来在瑞士购置农场。看来只要我点头配合,就能发笔横财。

这封信就这样进入我的写作——一个被谋杀的黑人农民试图取代我的 J. C. 戴维斯。而连接两者的是历史的虚构性:一个是美国西部开发时代的老掉牙的传说,一个是非洲动荡政局外加金钱诱惑的电子版演义。若戴维斯当年收到这封来自非洲同行的信的话,他肯定会上当受骗的。有意思的是,电脑这个虚拟空间让 J. C. 戴维斯和我,外加个身份不明的国际骗子聚首,而戴维斯的版图也因而扩展到非洲和欧洲,而政治避难国际资金流动正改变土地这传统话题。

我因分神而苦恼,也为某种共时性的幻觉而激动。可能的话,我想给戴维斯本人写信,问问他娶奇利斯上校的小女儿的动机。

十一

盖瑞·施耐德在我们小镇的索嘎斯（Soga's）餐馆门口等我们。他刚从日本开会回来，坐了十几个钟头的飞机，却毫无倦意。待坐定，女招待旋来转去，展示她那美好的身材。盖瑞先声明今晚由他请客，他在日本挣了一大笔日元。他知道，中国人会为争抢付账恨不得打起来。我说了声"好吧"。

当年在北京的旅馆房间头一次见到他和金斯堡，屈指一算快二十年了。记得他们行色匆匆，一个小时后要去机场。谈话是通过我的英译者杜博妮进行的。翻译是过滤，使对话变得像纯净水般单调乏味。他和艾伦有一种互补关系：艾伦好奇多动，像水银；盖瑞沉静自持，像水银容器。

没想到自1995年起，我竟和盖瑞成了同事——在同一所大学教书。我们可算得君子之交，打电话写信寄书致意，偶尔见见面。当我1997年夏天丢了饭碗，他拍案而起，联合其他英文系的教授上书给校长，未果。

他多次约我到他家做客，却一直未能如愿。首先是山高路远我没方向感不认地图；再就是我们俩都是世界旅行者，很难找到重合的时间；接着他夫人得重病，不便打扰。这七年前发出的邀请至今有效。

盖瑞从这次的日本之行讲到《论语》，说到他最近重读时的感受。他说他年轻时就迷上了《论语》，其影响甚至超过了佛教道教。"那是一部伟大的书，"他感叹说。他是在西雅图祖父的奶牛场长大的，每天除了挤奶，就是面对单调的风景线。他对东方宗教感兴趣完全是偶然事件。十二岁那年，由他亲自喂养的小母牛生病死了，他悲痛欲绝。去教堂问牧师，小母牛能不能上天堂？牧师摇头说，动物是不能上天堂的。他很生气，既然小母牛不能上天堂，他也不想去了。而听说佛教强调众生平等，于是他转向东方。他自幼喜欢爬山。当看到几幅中国古代山水画时，他大为震惊：中国人画的山水才是最真实的——大概是由于西雅图的山和中国的山相似。

他大学毕业后，到加州大学伯克利分校读人类学和日文。在那儿结识了艾伦。1956年春，他在"垮掉的一代"（Beat Generation）运动趋向高潮时急流勇退，告别了女友，东渡日本，在京都削发为僧，一待就是十二年。

他本想去中国，但中国当时不开放，后听说日本仍有辩经的传统，这一点深深吸引了他。杰克·凯鲁亚克（Jack Kerouac）以他为原型写了本小说《达摩流浪者》（*The Dharma Bums*）。

女招待出现了，问是否可以收走盘子。她面无表情，涂红的嘴唇像冰雕一般。若她读过《达摩流浪者》不知会有何感想。

说起那些穷欢乐的日子，他眯缝的眼睛亮了。去日本前不久，他和艾伦一路搭车从伯克利向北。到了西雅图，他们走进华盛顿大学英文系，向在场的教授说："我们是诗人，想为你们免费朗诵。"幸好那教授听说过他。朗诵会来了三百多人，艾伦朗诵了他的《嚎叫》（*Howl*）。那时候除了年轻，他们什么都没有——身无分文。朗诵全都是免费的，好歹学校管饭，有热心人安排住处。第二年春天，他和艾伦又去印度朝圣。他从日本乘客船，艾伦从埃及搭汽艇，在庞培会合后他们一起前往尼泊尔等地……

问他为什么不再当和尚。他神秘一笑，说："我太喜欢女人了。"他在京都和一个日本女人结婚还俗，师傅为他取名"听风居士"。搬回美国，他们在内华达山上自己盖房子建禅堂，生活多年后离异。前妻和他的好友结为连理，就住附近，一直还有来往。他和一个美国女人的婚姻没维持多久。在禅堂打坐时他认识了卡萝尔（Carole）——在美国出生的日本女人，终成眷属。卡萝尔不仅信佛，且喜欢爬山，可谓志同道合。他俩经常打背包上山数日，餐风饮露，听八面来风。

问起他是否有出世入世的困惑。他摇头否认说："这是中国文人的问题。"看来远来的和尚好念经这话是有道理的，他不会受限于经文与社会传统之间纠葛不清的互文关系。他是本地反砍伐林木运动的倡导者，经常开会演讲谈判，把那些私人木材商送上法庭；同时他也是国际环保组织的发言人之一。在他看来，环保是个全球性的问题。"全球化不仅破坏每个角落的生态平衡，也在消灭所有的区域性文化和弱势文化。"他警告说。他从日本给我带来礼物，是一块长方形的布，上面印满带鸟字部首的汉字。"天空鸟飞绝"，我想其中很多鸟已绝种了，这是篇悼文。

女招待闪现出来，问要不要甜点。这回她极力推销，好像她是那冰冷世界派来的代表。我们选了块巧克力蛋糕一起分享。

说到中东危机,他认为:"只有时间可以溶解(dissolve)仇恨,只有通过一代代人的共存才能达到和解。而现任的美国政府是愚蠢到家了,他们只相信武力。"

最后说起他的青年时代——革命、性和毒品。我讲到自己抽大麻写诗的经验,当时觉得挺棒,醒后发现什么都不是。盖瑞笑着说:"大麻狡猾狡猾的。看来你是个好诗人,没上当;而大多数抽大麻写诗的人醒后照样自以为了不起。"

餐厅空了,只剩下我们和几个坐在旁边叽叽喳喳聊天的女招待。门外,灯光与夜交融。我说好这个星期天上山到他家做客,以践七年之约。

十二

我跟 S 是在汉娜(Hannah)家认识的,那是 1996 年夏。女诗人汉娜曾做过钢琴老师。由她召集的诗歌小组,平均一两个月在她家聚一次。后来不知打哪儿来的加速度,大家都越来越忙,很难凑上合适的时间,只好散伙了。

S 是那种一见难忘的人。她眼神坚定,面部线条明确生动；她说话快，似乎为证明语言的局限。她的诗中混合着女人的温情和伤痛。

诗歌小组解散后，我和S的联系如虚线般断断续续，但却有所指向——我们在互相辨认中老去。她长我两岁，转眼已满头花白。去年春天我参加代表团去看望围困中的巴勒斯坦作家，随后她代表一个国际诗歌网站采访了我。我女儿报考大学遇到危机，绝望中我想到S，她做过私立学校的学生顾问。头一次她跟田田谈话，仅三言两语，就解除了孩子心理上的紧张状态。我和田田都被美国大学的表格吓坏了，在S的引导下，我们终于走出了迷宫。

那天下午我们说完田田的事，S讲到家世，让我想到她那些让人心疼的诗句。秋天阳光没有穿透力，停留在我家白纱窗帘上，随风飘荡。

她父母相遇在旧金山，婚后第二年S出生了。父亲刚从欧洲战场回来，因战争创伤开始酗酒。S出生后不久全家搬到夏威夷，和一些画家住在一起。自然风光与画的互相投射，加上家庭危机的阴影，构成了她早年幻觉的来源。"那儿甚至有个茶楼（Tea House），"她突兀地说，显然那是她童年生活的高光点。她后来成了画家，无疑与这一经历有关。

他们搬到南加州。因经济犯罪,父亲带全家逃往俄克拉荷马(Oklahoma),那年 S 仅八岁。警察找上门来,押送父亲回加州服刑。保释出狱后,他在一家电台工作。母亲改嫁,弟弟跟父亲住在一起。父亲酒后越来越狂暴,追打虐待弟弟。当时刚上大学的 S 赶去,坚持要把弟弟带走。父亲威胁说,如果把弟弟带走,他就会死。S 还是把弟弟带走了。一个月后,父亲因心脏病去世,年仅四十九岁。

说起父亲,S 的脸被痛苦与骄傲的双重光芒照亮。"不喝酒时,他是个了不起的人,聪明能干。他没受多少教育,却创办了北加州第一个脱口秀。"她转而感叹道:"我们家有那么多灾难和噩梦。"她父母双方都有家族精神病史,那是个巨大的阴影。

也许是自强不息的个性拯救了她。由于家庭动荡,从小学到中学她转了十三次学。1965 年高中毕业后,她先上社区学院,再转入大学,半工半读,直到 1977 年才大学毕业。又花了十年工夫,当她拿到英文与创作的硕士学位时,已四十岁了。她成了她的家族头一个受过高等教育的人。

经历了一次失败的婚姻后，S在一家书店打工时结识了楼下开餐馆的D，他们很快就结合了。他们家庭和睦美满，一儿一女，已长大成人。"可就在结婚两周后，我年轻的丈夫患心肌梗塞，做了搭桥手术。"S补充道。

他们住在萨克拉门托市中心一个安静的地段。那是个美国普通人的住所，陈设简单舒适。让客厅生辉的是S的画和雕塑。她画的是那种稚拙画，多为人物肖像，由响亮的平涂色块构成。这或许是再现童年经验的努力——重返半个世纪前的夏威夷，让那个在茶楼观景看画的小姑娘沉湎于奇妙的幻觉中；或许是她内在的光明，使她最终能过滤苦难的重重阴影。

D人高马大，慈眉善目。我们喝加冰的苏格兰威士忌，佐以饭前开胃小菜。D是一家厨具公司的经理。他总是笑呵呵的，能看得出他对S的百般呵护和由衷欣赏。他说他是"艺术的守护人"，这话是三十年前结婚时跟S说的。由于对艺术女神的爱，这三十年前的诺言至今有效。在他的支持下，S辞去了私立学校的工作，致力于写作画画，并照顾母亲。五年前她母亲中风，住进老人特护中心。S是我见过最孝顺的美国人，她每天早晚两次去医院陪母亲。

S为女为妻为母，养家写诗画画攻读硕士，其性格坚韧可想而知。我想是她从父母的悲剧中认知，必须保护自己的孩子不重蹈覆辙。那是历尽苦难的女人的心——宽厚坚强而无私。

"我有个秘密，不想带到坟墓里去。"她突然压低声音对我说。"孩子不知道我的第一次婚姻。今年圣诞节他们回来度假，我打算告诉他们。"她显得有点紧张。我劝她说，孩子会理解的。

今年除夕，我请S夫妇及其他朋友在中餐馆吃饭。我悄悄问她是否透露了那秘密。她眼睛一亮，徐徐舒了口气。"他们真伟大，一点儿也没责怪我。"

十三

1826年秋天，在瑞士一个小镇举办一场静悄悄的婚礼。这婚礼是必要的，因为孩子第二天就要出生了。孩子他爹叫约翰·萨特（Johann August Sutter），儿子跟他同名同姓。老萨特那时只有二十三岁。他曾在出版社学过徒，热爱书籍、华服和各种娱乐。后来做干果、布匹生意，都失败了，因债台高筑而面临牢狱之灾。1834

年5月13日,他越过边境进入法国,再乘船到美国,留下债务、老婆和五个孩子。

他在新大陆到处闯荡,寻找机会。伪造了个军衔,他转身成了"萨特上尉"。1839年6月他乘船抵达现在的旧金山,那时还只是个小村子。墨西哥总督会见他时,被其殖民梦说服了,把方圆几十英里未开发的土地许给他。同年8月中旬,他和手下人乘帆船沿萨克拉门托河逆流而上,在与美国河(American River)的交汇处落脚。接着他用土地为信贷,买下一家快要倒闭的俄国皮毛公司,连同牛马枪炮一起运到定居点。为防范持敌意的印第安人,他决定建造要塞,并用拉丁文命名他的王国为新瑞士(New Helvetia)。

我们一行三人来到萨特要塞(Sutter's Fort)。四年前德国的顾彬教授一家来做客,他的德文导游书把我们引到这儿。顾彬把解说词咀嚼一番,长叹了口气。顾彬叹气是常事,但那回特别。我琢磨,准是老萨特的非理性精神和虚荣心让他恼火。说来这要塞甚至比不上一个中国的地主宅院。土坯围墙约摸十五六英尺,其中包括面包炉铁匠铺木工房酒窖马棚。午后的阳光让人困倦。我们最后进入位于要塞中心的三层楼房,这里是制高点。

老萨特坐在他的办公室。他是个殖民时代的梦想家，其梦想是辽阔的疆土。在鼎盛时期，他占地近五万公顷，有牛马羊无数。他慷慨大方，为那些新移民免费提供食宿，派人上山营救困在风雪中长途跋涉的队伍。而瑞士的老婆孩子却挣扎在贫困线上，没任何资助。他感到内疚，以长子的名义要求扩充地盘。战乱爆发了，他为墨西哥出钱卖命，从冒牌上尉摇身一变成了民兵将领，总督赏给他更多的土地。墨西哥战败。1855年，美国联邦土地局起诉他，没收了三分之二的土地。

1848年1月24日下午，老萨特午睡后正在写信，只见他派去建锯厂的马歇尔（James Marshall）匆匆赶来，神色怪异。他把一包金矿石放在桌上，说是在挖漕沟时发现的。老萨特叮嘱他千万保密。但这消息不胫而走，于是浩浩荡荡的淘金大军从四面八方涌来。

那黄金照亮的瞬间，成了老萨特一生的转折点。这种稀有矿石，本来能让他成为加州首富，最后却毁了他。转眼间，刚建立的帝国秩序土崩瓦解。他手下人纷纷辞职去淘金，外来者任意侵占他的土地；要塞成了输送矿工的中转站和各种交易的集市，人们顺手牵羊偷走他的财产。

同年9月小萨特抵达，目睹了席卷大地的淘金热。在被遗弃了十四年的儿子面前，老萨特感情复杂，让他羞愧的是其王国的衰败。他债台高筑，当年向俄国皮毛公司借的钱一拖再拖，对方要求以土地抵偿。他不得不把其财产转给小萨特。1849年年底，要塞以七千美元的低价卖掉。不久他妻子和另外四个孩子从瑞士来，全家团聚。老萨特决定退休，和家人住在他的豪克农场（Hock Farm），直到1865年夏天他们的房子被大火吞噬。

由于淘金热，萨克拉门托河的码头附近日趋繁华。小萨特接手父亲的产业后不久，动了修建城市的念头。他出售土地，开始着手城市规划，大兴土木。他本想命名为萨特市（Sutter ville），遭到另一地产商的反对后随即放弃。1848年年底，这未来的加州首府正式得名萨克拉门托市。

消息传来，退隐农场的老萨特气坏了，他朝思暮想的王国——萨特市，因为这个不争气的儿子而灰飞烟灭。他试图从中作梗，但为时已晚。为此他一直不肯原谅小萨特。

小萨特不断出售土地以还清债务。他和父亲一样毫无商业头脑，不知道梦想与现实的界限。他的律师和地产商合伙坑骗他。病困交加中，他离开萨克拉门托，在墨西哥一个港口城市定居。1855年,他回到加州,通过律师提交了一份完整的陈述,说明他和父亲是怎么上当受骗的。它六十年后得以发表,描述了淘金热中那些肮脏的交易,成为重要的历史文献。

老萨特去华盛顿告状,他想索回被剥夺的土地,并试图得到当年帮助移民的某种补偿。这位殖民主义的冒险家,离开加州时不名一文。他和家人定居在华盛顿附近的小镇。这场官司旷日持久。1880年6月16日,国会休会,并未通过萨特法案。两天后,他死在国会山附近的小旅馆里。六个月后他的妻子病故,和他安葬在一起。

1915年夏天,小萨特的遗孀带女儿来到萨克拉门托。小萨特的女儿写道:"我和母亲作为墨西哥革命的难民回到萨克拉门托,这实际上由我父亲创建并得益于他捐赠公园的城市,不仅没有对我们的某种认可,甚至可以说对我们关上大门。"

十四

去年春天,艾略特(Eliot Weinberger)从纽约来伯克利开会,我们一起去旧金山看望他的老朋友G。他住在离金门公园（Golden Gate Park）不远的住宅区，相当僻静。G长我一两岁，小个儿，蓄着胡子，说话快，多少有点儿神经质。他夫人D是尼加拉瓜诗人，雍容大方，有一种难以捉摸的美。那是两室一厅的单元，陈设简单，有一种匆忙的痕迹。原来他们刚搬家，书还没来得及拆包。聊了一会儿，我们去附近一家上海馆子吃午饭。G送给我他刚出版的诗集，以及他翻译的D的诗集。

一个多月后，我接到G的电话，他们夫妇要来戴维斯朗诵，约好一起吃晚饭。我们在"芥末籽"（Mustard Seed）意大利饭馆见面。由大学请客，连主宾带学生外加我们跟着蹭饭的，满满一长桌。一个尼加拉瓜女学生坐我身边，对D充满景仰，说是她心目中的女英雄。席散兴未尽，我请他们夫妇到我家再喝一杯。杯光斛错中，只见他俩眉目传情，心有灵犀，要说岁数可不小了，竟有年轻人一般的恋情。那一晚，从美国底层生活到诗歌，从越战到拉丁美洲的革命，词语跳跃闪烁，在昏暗中拉开一幅历史的长卷。

G出生在匹兹堡一个工人家庭。爷爷是钢铁工人，因工伤失去了两条腿，却未得到赔偿。父亲是运送冰块的卡车司机，自幼他就常跟着父亲干活。他是个梦想家，常去博物馆图书馆闲逛。有一天，他从图书馆书架上抽出一本绿色封皮的书，装帧精美，让他叹为观止。这是十九世纪版的惠特曼的《草叶集》。就这样，一个大诗人和一个穷孩子相遇，前者把后者照亮。就在那一瞬间，他决定以后做个诗人。

由于跟父亲关系不好，他十二岁离开家。头两年还时不时回家看望母亲，以后就慢慢断了联系。他露宿街头，靠干各种苦活维生，但一直坚持上学。他常常泡在图书馆。在惠特曼的指引下，他开始写诗。十八岁那年他决定去当兵，这是继续受教育改变命运的唯一出路。

作为医务护理员，G 先在利比亚的美军基地待了一年半。1969 年 3 月，他被转到越南的野战医院。刚一到他就对那场血腥的战争充满厌恶，在每天的死亡面前，国家的谎言是多么苍白无力。这厌恶很快转变成行动：从秘密张贴反战标语开始，到拒绝每天早上的出操。1970 年年初，他被送上军事法庭。

"自 1898 年美国出兵跨过自己国界，这战争从来就没停止过，从媒体到政治家谋略，模式相似，但规模越来越大，越来越残酷。"G 感叹道。

他在军事法庭上赢了。退伍后，他回美国上大学，最终拿到文学硕士,他搬到旧金山。他热爱东方文化,从中国古诗词到日本俳句,又从日本俳句转向武术。1978年,他去日本京都拜师习武一年,靠教英文维生。后来日本一家基金会请他去做访问学者,又是一年。

除了写诗教书办文学刊物,他还从事一项庞大的计划,即把诗歌贴在全美十六个城市的十四万辆公共汽车上。我就参与过这种集体阅读活动。由于车厢拥挤,一旦你被卡在某个角度,那非读不可。

六年前,G在一个诗歌活动上遇见D,坠入情网,使两个传奇故事连在一起。

D出生在马那瓜的一个文化世家,其家族成员几乎个个对尼加拉瓜的政治文化都有影响。她是在天主教学校那保守刻板的气氛中长大的,十七岁刚上大学她就卷入政治旋涡。在反对索摩查独裁统治的革命期间,作为民族解放阵线的战士,她一直从事地下斗争,最后成为流亡的桑地诺电台的播音员。革命胜利后,她进入尼加拉瓜新政府,做了文化部副部长。"我们内阁成员几乎都是二三十岁的年轻人,出国访问,让人目瞪口呆。"她骄傲地对我说。

她在任期间,和当时的文化部长著名诗人卡德纳尔

(Ernesto Cardenal)密切合作。她主要负责的是拯救尼加拉瓜艺术,开展全国性扫盲运动。他们组织各种诗歌工作坊,甚至连拳击手都在学写诗。这一传统持续至今。

他们告辞了,平行的车灯在黑暗中摸索。此后都忙,除了寄书写信发电子邮件,一直无缘见面,直到前不久,我们在爱尔兰的诗歌节上重逢。我朗诵时,由 G 介绍我并读我的诗的英文翻译。我们一起泡酒吧,在喧嚣中干杯。

我路上正好带着 D 的英译本诗集《凶猛的泡沫》(*The Violent Foam*),这书是他俩合译的。G 在序言中这样写道:"D 和我在本书互相转换,几乎可以说融化在一起,以至于她的童年成了我的童年,她的家庭成了我的家庭,反之亦然,在我们相遇之前,我们已有交融艺术理想的特殊经验。当我们相遇,诗歌成为我们双方生命的基础与动力……"

十五

去年春天,我在加州大学伯克利分校教了一个学期的课,用中文教中国当代诗歌。三十来个学生多是华人子女,仅四五个美国人,都是学中文的研究生。据说伯克利分校亚裔已超过一半,而华人又占亚裔中的大多数。我这些年一直在英文的旋涡中挣扎;这回改用母语教书,踏实多了,像在浴缸泡澡。

我每周开车去伯克利两趟,课集中在周二周四。去时顺,回来因高峰时间堵车。倦意袭来,我掐大腿拧耳朵都无济于事,只好高唱革命歌曲。

伯克利校园西门总是热闹非凡。一路排开各种摊位,从环保宣传到反战呼吁,从学生会竞选到同性恋团体摇旗呐喊。大门外临街处,每天都有个瘦小枯干的中国人,像个北京二十世纪七十年代的上访者。他站在凳子上,搂着个糊满莫名其妙的中文字的木头支架,声嘶力竭地用英文重复叫喊:"Happy O Happy!"细听下去,让他如此幸福的是中国加入联合国主办奥运会,故伯克利理应多用中文授课。常有个美国流浪汉跟着凑热闹,指鼻子破口大骂。但"上访者"不还口,继续为幸福呼喊。要说这类怪人多了,都集中在那一带,以上岁数的白人为主,或演讲或唱歌或自说自话。在我们办公楼前的草坪上,几乎每天有两个老头,用类似智力游戏的圈套把旁观者卷进去,乐此不疲。我估摸,这是六十年代造反的后果,那些在新时代找不着北的人无所适从,最后疯了。

美国政治主流总体来说是温和保守的,但也另有一种激进的传统,六十年代伯克利的学生运动即证明。六十年代是美国历史的重要转折。美国随着战后国家秩序的重建而进一步体制化,使年轻人在物化世界的压力下寻找内心资源。而大学生的成分也发生了变化。五十年代末,来自中产阶级家庭的孩子取代了免费上学的"二战"老兵,他们有更多的精力与时间从事课外活动,关注社会与政治,内心骚动开始向外寻找出路。矛头最先指向的是工作歧视,示威者冲击旧金山的大百货公司,和警方发生冲突。一场波及全美国的人权运动开始了。

1964年秋,不顾校方严禁政治结社的规定,一个名叫"言论自由运动"(SFM)的组织在伯克利分校成立了。10月1日,一个原伯克利学生杰克·温伯格(Jack Weinberg),拒绝从学校行政大楼前的一张桌子上离开,被校警逮捕。于是上百名学生包围了警车,双方僵持到第二天晚上,温伯格被困在警车里长达三十二个小时。最后校方和SFM的谈判代表达成了协议,主修哲学的学生马里奥·萨维欧(Mario Savio)作为SFM的发言人,站在警车顶上让示威者"平静地站起来,有尊严地回家"。

不久,由于校方勒令 SFM 的领袖停课而导致新的冲突。12 月 2 日,在 SFM 的号召下,上千名学生涌进行政大楼静坐。第二天下午加州州长命令清场,六百名警察把学生一一抬出来。接着 SFM 号召罢课。12 月 7 日,校长在全校和解大会的讲话后,学生领袖萨维欧冲向讲台要求发言时被校警拦住并架走。第二天,校方放弃了严禁集会结社的禁令,SFM 赢了这一仗。

造反运动开始从校园转向社会。作为电视时代的第一代人,他们懂得如何用这种媒体。比如他们的集会通过电视台的晚间新闻深入人心,而杰克·温伯格的那句名言"绝不信任三十岁以上的人"(Never trust anyone over thirty),也是通过电视广播而家喻户晓的。

1965 年,约翰逊(Lyndon Johnson)总统决定出兵越南。反战把伯克利的学生运动推向高潮。示威者涌向奥克兰(Oakland)军事基地,要给那些即将上前线的官兵上课。与此同时,黑人运动从南方农村向全国大城市蔓延。1966 年,"黑豹党"(Black Panther Party)在伯克利附近成立,提出暴力革命的主张。

与政治对抗相伴随的是文化及生活方式的反叛。有些年轻人提出用"性、大麻和摇滚乐"代替革命,由此形成的"嬉皮士运动"一直持续到七十年代。这无疑与诗歌的影响有关。自五十年代起,旧金山就成了"垮掉的一代"的大本营,包括金斯堡、施耐德、邓肯和凯鲁亚克等人。金斯堡和施耐德还是在伯克利相识的,那时盖瑞·施耐德是伯克利东亚系日本文学研究生。

由学生积极分子、露宿街头的嬉皮士和黑豹党成员共享的领地中,最著名的是人民公园(People's Park)。这块属于加州大学的空地,临时用作停车场。1969年春,一份当地最有影响的学生报纸,号召把它建成西方世界的文化政治的另类中心。5月15日凌晨,人民公园四周被拦了起来。响应学生领袖号召,大家出发去占领公园。冲突中,一个围观者被警察开枪打死,上百人受伤。当时的州长里根宣布在伯克利戒严。5月30日,大约两万五千人参加了盛大的和平集会。那更像狂欢节,大家唱歌跳舞抽大麻,把鲜花插在士兵的枪口上。我在一部纪录片中,看见蓄着大胡子的金斯堡在那游行队伍中。

那年夏天,一些理想主义者创建了一系列免费服务项目,造福于社区。其中最重要的是免费诊所(Free Clinic),一直持续至今。人民公园一案多年悬而未决,如今成了流浪汉的栖息之地。

进入七十年代，造反运动开始退潮。大多数学生积极分子毕业后成家立业，重新加入美国中产阶级行列。"性、大麻和摇滚乐"所代表的是一种在资产阶级内部的波希米亚式的反抗，对整个西方世界的影响是深远的，其后的西方主流文化都不得不做出相应的调整，包括多元文化等。以至于今天新一代的资产阶级形象，都带有六十年代经历的痕迹，融合了波希米亚人生活的风格与品位。这种只有六十年代形式而缺乏六十年代精神的整合，骨子里是相当保守的。当钟摆朝激进一方摆动时，它将会成为未来反叛的目标。

十六

早9点我和D开车出发，沿八十号州际公路转四十九号公路，过尤巴河（Yuba River）穿内华达城，在山里绕来绕去再上土路。按他事先传来的手绘地图和指示，还是迷了路。里程表显示为一百零五英里，即使刨去弯路，也超出了本来原定的范围。但盖瑞·施耐德是例外，他生活在常人的想象以外。

盖瑞身穿牛仔裤棉坎肩，正在扫地。他夫人出远门看女儿去了。这是栋木结构的日本式房子,周围是附属性建筑,诸如劈柴棚、工具间、洗衣房和厕所。近有池塘,远有谷仓改建的书房。他说他有一百顷林地。"那么谁来照管呢?"我不禁问。"自然本身,"他说,再用中文重复,"自——然——"

他把我们让进屋,以茶待客。老式火炉烧着木柴,噼啪作响。室内高大宽敞,房顶呈圆形,是用红松圆木搭建而成的,光从天窗漏进来。D是建筑商,对其结构叹为观止。这房子是1970年夏天他和几个朋友亲手建的,当时他们住帐篷生篝火做饭。五年前这房子翻修扩建,加出两间卧室和现代化浴室厕所。盖瑞领我们参观。卡萝尔患癌症多年,她的书桌上悬挂着各种颜色的纸鹤,共一千只,是她的亲戚的,祝愿她早日康复。几幅唐卡十分醒目,主卧室挂的是药师王。他对唐卡中的每个人物及细节都了如指掌。

出门,细雨润无声。一种石兰科灌木含苞欲放,是春天最早的信号。穿过树林,我们来到一栋日本式的禅堂。脱鞋入内,宽敞明亮,可容百余人打坐。多是本地人,也有远道来的。这禅堂二十年前由大家义务劳动建成。

盖瑞走到香案前,燃香,双手合十,盘坐,击磬摇铃敲龟壳，念念有词。他用日文背诵摩诃般若波罗蜜多心经。完毕起身，再用英文解释：

色即是空空即是色受想行识亦复如是……

form is exactly emptiness

emptiness exactly form

sensation, thought, impulse, cosciousness are also like this ...

我们来到由谷仓改建的书房，摆满书架。他的书桌井然有序，中间是笔记本电脑。盖瑞有五本书的计划，把我吓了一跳。他说每本书几乎都是靠长期不间断地写笔记完成的，前两年出版的长诗《无尽的山河》(Moutains and Rivers Without End) 先后花了四十年工夫。

我们参观了金斯堡当年盖的房子。和盖瑞的相比，简直像个小土地庙。二十世纪八十年代初，这小庙刚盖好后艾伦还常来小住。后来他从师于一位喇嘛，每年夏天改去科罗拉多州博尔德（Boulder）修行，于是连房子带地转卖给盖瑞。现在由他儿子住。D问起他当年为什么会选中这块地方。1966年春,他、金斯堡和另一朋友开车上山,到这里转了一个钟头,当场决定由他们三个人共同买下这块地,每公顷仅二百五十美元。

回到家中他准备午饭。我们围坐在火炉旁,吃火腿三明治外加朝鲜辣白泡菜,喝我带来的德国啤酒。说到即将来临的战争,他那饱经风霜的脸蒙上层阴影。他写了反战的诗,参加了东京的反战游行。但显得多少有些无奈,这毕竟不是六十年代了。我提到我女儿对美国病的诊断,他完全赞同。

谈到美国诗歌,他认为有两个传统,即理性的幻想(rational fancy)和诗意的想象(poetical imagination)。前者倾向于智力游戏,较抽象,使用文雅的书面语,从T. S. 艾略特到纽约诗派;后者往往处于边缘,时不时卷入政治,挑战正统与权威,使用活生生的口语,从布莱克(William Blake)、庞德(Ezra Pound)到邓肯,也包括"垮掉的一代"。说到时髦的语言派(Language School),盖瑞认为他们先写理论再写诗,其理论比诗有意思。

他刚退休不久,我问起他的教书经验。他告诉我说,即使他在学院里教书,仍是旁观者,英文系至少有一半以上的教授不理他,他倒也无所谓。他上创作课先告诉学生，别把写作当成职业，那最多只是张打猎许可证而已。

盖瑞说到东岸人和西岸人的区别，首先是地理位置。由于离欧洲近，东岸知识分子和艺术家受欧洲特别是英国的影响大，尤其在新英格兰，以中产阶级的白人为主，教育程度高，注重书本。而西岸和墨西哥接壤，与亚洲隔岸相望，受西班牙和东方的影响大。移民多，再加上印第安人，带来文化风俗上的多样化。再就是由于空间广大地势起伏，耕种、采矿、伐木等各样的体力活，使西岸人更注重和土地的关系。

他走到一张大幅的加州地形图前，从腰间抽出把折叠刀，用刀尖引导我们从地处平原的戴维斯出发，最终深入到他那隐藏在大地褶皱中的家。内华达山脉像人脑的沟回般展开。那刀尖又往重重高峰上移动。他和卡萝尔经常打背包爬山，到人烟绝迹的地方去。

临走，他送给我和D各一本他的选集。他先认真试笔再签名，字体苍劲有力。他说当年做守林员独自在瞭望台时，自己研墨，苦练中国书法。翻开这本厚厚的选集，扉页的英文题记来自《论语》："子曰：学而时习之，不亦说乎？有朋自远方来，不亦乐乎？"

Copyright © 2015 by SDX Joint Publishing Company.
All Rights Reserved.
本作品版权由生活·读书·新知三联书店所有。
未经许可,不得翻印。

图书在版编目(CIP)数据

青灯/北岛著.—北京:生活·读书·新知三联书店,
2015.10 (2022.9 重印)
(北岛集)
ISBN 978 − 7 − 108 − 05462 − 3

Ⅰ.①青… Ⅱ.①北… Ⅲ.①随笔 − 作品集 −
中国 − 当代 Ⅳ.① I267.1

中国版本图书馆 CIP 数据核字(2015)第 194391 号

责任编辑	冯金红
装帧设计	木 木
责任印制	董 欢
出版发行	生活·讀書·新知 三联书店
	(北京市东城区美术馆东街 22 号 100010)
网 址	www.sdxjpc.com
经 销	新华书店
印 刷	河北鹏润印刷有限公司
版 次	2015 年 10 月北京第 1 版
	2022 年 9 月北京第 6 次印刷
开 本	880 毫米 × 1092 毫米 1/32 印张 8
字 数	114 千字
印 数	33,001 − 36,000 册
定 价	55.00 元

(印装查询:01064002715;邮购查询:01084010542)